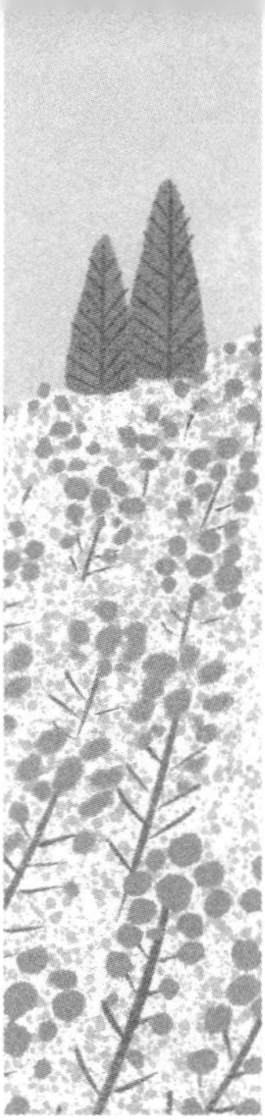

不雨花落，无风絮飞

林清玄给少年的散文

林清玄/著　钟蕾/选编

全国百佳图书出版单位
化学工业出版社
·北京·

本书由台北九歌出版社有限公司授权出版

图书在版编目（CIP）数据

林清玄给少年的散文. 不雨花落，无风絮飞 / 林清玄著. —北京：化学工业出版社，2021.6（2026. 1重印）
ISBN 978-7-122-39011-0

Ⅰ. ①林… Ⅱ. ①林… Ⅲ. ①散文集-中国-当代 Ⅳ. ①I267

中国版本图书馆CIP数据核字（2021）第076090号

出 品 人：李岩松　　责任编辑：笪许燕　　版权编辑：金美英
营销编辑：龚　娟　郑　芳　　责任校对：李　爽　　装帧设计：王　婧

出版发行：化学工业出版社（北京市东城区青年湖南街 13 号　邮政编码 100011）
印　　装：三河市双峰印刷装订有限公司
880mm × 1230mm　1/32　印张 8¼　字数 80 千字　2026 年 1 月北京第 1 版第 4 次印刷

购书咨询：010-64518888　　售后服务：010-64518899
网　　址：http://www.cip.com.cn
凡购买本书，如有缺损质量问题，本社销售中心负责调换。

定　价：39.80 元

无尽意·无尽藏

——致我最敬爱的父亲

那天傍晚，父亲和往常一样亲自载我去桃园机场，不同的是，当天父亲的话特别少，他只一路紧紧握着我的手，一直到出境前也舍不得放开。我笑着抱抱他，请他放心，允诺我一定会好好学习，并把所学和他分享。拥抱过后他温柔地望着我，眼白却逐渐转红，那是我生平第一次见父亲流泪，也是最后一次。我跟着哭了起来，却一边笑着：“我很快就会回来陪你们了呀！你不要让我舍不得走。”父亲拍了拍我的肩：“小姑娘，要好好照顾自己！谢谢你给爸爸买的新台灯，等你回来，又有新的文章可以读了。”我们俩又紧拥彼此。转身离去后，看着家人的身影越来越小，早已习惯一个人旅行的我，那天却一点儿也提不起劲来。

父亲向来是我冬日的阳光，温暖至极。自有记忆以来，他就是我生命中最温暖的存在，每一个拥抱里面的爱都足以感动整片山林。父母亲从小教育我们的方式，便是每天道早午晚安时拥抱、轻声说句我爱你，这样饱满的爱，至今仍影响着我。此时心里莫名涌上一股酸意：“我的人生才不要有别离，尤其是与我最爱的家人。”下机后我提着行李上了车，接到哥哥的电话，他语带哽咽，我还打趣着说是不是太想我了，叫他别担心，我很平安。“爸爸过世了。”他颤抖着，那夜的空气好稀薄，如今忆起还是喘不过气来。

很小的时候，父亲每天睡前都会在昏暗的床头为我和哥哥说一篇篇的床边故事，往往对故事的完整性感到不满足，于是开始每天写新的故事送给我们，说着说着，一年过去，感动又发人深省的寓言故事系列油然而生。我知道，倘若父亲没有丰沛的爱及温柔，是不足以持续坚持的。也因如此，在我们小小的心灵埋下无数良善的种子，是我童年最珍贵而美好的秘藏。家中的每个角落父亲都会摆满一整排书，厨房的咖啡机旁、浴室梳理台前、客厅桌上、卧室的床头甚或家里的每盏台灯底下，走到哪坐下都有书，使我和哥哥从小养成阅读的习惯，懂得独处，也能在嘈杂的环境下借文字静心，排遣寂寞，从中体会单纯的幸福。

假日父亲会带我们去溪边散步、爬山。儿时的游戏是清晨上阳明山，找一块大石落足，通常我们会带着简单的食粮和几本笔记本，爸爸会出一道题目给我和哥哥，《在云上》《秋》《相思树》，等等，我们要在日落前寄情于父亲提供的事物，表达自身的情感，形式不拘，可以是诗，可以是散文或绘画。太阳沉落山头的时候，我们会在回家途中讨论。父亲从未说过好与不好，只是说着哪边的刻画能再细腻些，哪些传递得过于强烈，让我们自己从中寻找平衡，训练我们能将思绪、心和手连成一线，将来在生活中面对一切事物都能更从容地思考，也能带着求好的心把事情做好。一直到今天，我还是会随身携带一本笔记本，随手把周遭的事物和当下的情绪记录下来，戏剧杂记、光影写生、日常生活等，即便记忆流入时间里，那些故事和细节却能真真切切地被留下来。

父亲曾说，在他们那个年代，连买一张车票都好困难，但他依旧向往远行，接着他让文学变成自己的双翼，靠着文学走向远方、走向世界。他总说，我们要走向世界，再把世界带回家。十六岁的时候，我只身前往美国旅行，在加州看夕阳的时候哭了，打了通视讯给他和母亲，一边流着泪说想家，想和他们一起看晚霞，一边纠结地说自己这些天独处时都没有好好创作，感觉在快乐的同时没有好好记录一切，对不起自己和他们。父亲听完大笑了好久，说："快拾起眼泪！小姑娘，你还年轻呀！"接着他和母亲把我逗笑了以后告诉我："十六岁时，你要抓住生活的点；二十岁时，你要画出思想的线；三十岁时，你要铺设生命的面。之后，你要创造影响世界的全面的体。创作就是生活的呼吸，常常调息，养成自己的节奏，就永远不会忘记了。你有天赋的才华，有饱满的爱，这是你最大的资产。"那天我沿岸走着，泪也停了，蹲坐下来，和他们一起欣赏落日。那刻起我了解到自己最需要的是拥有活在当下的能力，好好生活，才是追寻快乐最好的方法。他总说当下是最单纯且最微小的时间单位，一个小时六十分钟，一分钟六十秒，一秒钟六十个刹那，一刹那六十个当下。我们要"倾宇宙之力，活在当下”。过了好多年，我还是每天起床后提醒自己，今天一样要带着爱和勇气活在当下，这么一来，突如其来的挑战也能迎刃而解，能够生活在生活里，在平凡中创造不凡。

刚离开家乡的时候，父亲送了我几本他经典的著作，说等我到了纽约，想念他的时候就到书里找他。没有人料想得到所爱的人能离开得如此突然，无常是父亲留给我的最后一门功课，他让我在无常中学会如何紧拥自己和自己所爱的一切，学会承担与放下，在逆境中快乐，并给予人快乐，让所有坦然成了自然。随着流年转换，我体会到了人生不可能没有离别，思念和悲伤也不会停歇，但如果能从中寻找意义，一切便值得了。

我知道我思念父亲的时候能够到书里找他，也能寻找自己的影子；我知道我还有一双翅膀，从今以后要带着父亲的精神在苍穹翱翔。对我来说，父亲的生命不仅仅只有六十五岁，他写过的文章都是他留下来的生命，它们可以流传好几个六十年、六百年，甚至到更长久的未来。他的文学跨越时空与距离，让所有人在想念他的时候，随时可以与他相见。

希望所有读者都能把自己热爱的事物化为一双翅膀，和我父亲一样，持续做一个深情且浪漫的人。

林亮云

于台北双溪清淳斋

编者小记

“一叶落而知天下秋”，林清玄先生将东方审美意趣和佛家的哲学情怀融为一体，以清丽的笔墨、醇厚的情感，让我们从一个字中看到个人生命与万有空间的庄严，由一朵花领略整个春天的美丽与自然浩渺的气息，以一角日光感受宇宙的温暖、辉煌与苍茫。

本丛书共三册，《不雨花落，无风絮飞》集合了作者对自然的理性认识。作者关注世界，关注自然，发掘其中的哲理禅趣，注入了博大的悲悯情怀，香花水月、雨雪风云，天地有大美，宇宙有宏境。《日日好日，步步清风》主要围绕作者对生活的感悟体验展开。我们将同作者一道，深刻认识生命里的“常”与“变”，并生起悯恕之心，对生命的恒常有祝福之念，对生命的变化有宽容之心。《聪者观雪，智者见白》在对历史的追寻、周边事物的审视中展现了作者对生命的智性哲思。春夏秋冬的岁月中，冷暖炎凉的人生里，作者的文字让我们微笑着看岁月往事一点点淡去，在跌宕起伏的人生中，保有温和与优雅。

林清玄先生的散文超然尘俗，又回归世间，在眼前与回忆中的人物、景物间自由行走，在现实场景和历史事件间来去自如，以散文的笔法和诗的意境，对自然万物予以体察领悟，对社会问题加以审视反思，对理想人格进行书写呼告，在都市的车水马龙、高楼大厦之间，秉持着对希望的期待，对美好的憧憬，表达了自我的生命哲学和生存价值观念，通过“生活的经验”寻找“心灵的故乡”，探索“精神的家园”。

目录

温一壶月光下酒 | 175

掬水月在手，弄花香满衣

空阔透天，鸟飞似鸟。水清澈地，鱼行似鱼。竹密无妨水过，山高不碍云飞。于自然中撷取一抹芬芳，于心湖间化作一阵涟漪。

荷花之心

偶尔会到植物园看荷花，如果是白天，赏荷的人总是把荷花池围得非常拥挤，生怕荷花立即就要谢去。

还有一些人到荷花池畔来写生，有的用画笔，有的用相机，希望能找到自己心目中最美丽的一角，留下一个不会磨灭的影像，在荷花谢去之后，能回忆池畔夏日。

有一次遇见一群摄影协会的摄影爱好者，到了荷花池畔，训话一番，就地解散，然后我看见了胸前都背着几部相机的摄影爱好者，如着魔一般地对准池中的荷花猛按快门，有时还会传来一声吆喝，原来有一位摄影者发现一个好的角度，呼唤同伴来观看。霎时，十几位摄影的人全集中在那个角度，大雷雨一样地按下快门。

约莫半小时的时间，领队吹了一声哨子，摄影者才纷纷收起相机集合，每个人都对刚才的荷花摄影感到十分满意，脸上挂着微笑，移师到他们的下一站，再用镜头去侵蚀风景。

这时我吃惊地发现，池中的荷花如同经历一场噩梦，从噩梦中活转过来。就在刚才摄影者吵闹俗恶的摄影之时，荷花垂头低眉沉默不语地抗议，当摄影者离开后，荷花抬起头来，互相对话——谁说植物是无知无感的呢？如果我们能以微细的心去体会，就会知道植物的欢喜或忧伤。

真是这样的，白天人多的时候，我感到荷花的生命之美受到了抑制，躁乱的人声使它们沉默了。一到夜晚，尤其是深夜，大部分人都走光，只留下三两对情侣，这时独自静静地坐在荷花池畔，就能听见众荷从沉寂的夜中喧哗起来，使一个无人的荷花池，比有人的荷花池还要热闹。

尤其是几处开着睡莲的地方，白日舒放的花颜，因为游客的吵闹累着了，纷纷闭上眼睛，轻轻睡去。睡着的睡莲比未睡的仿佛还要安静，包含着一些没有人理解的寂寞。

在睡莲池边、在荷花池畔，不论白日黑夜都有情侣在谈心，他们是以赏荷为名来互相欣赏对方心里的荷花开放。有时我看见了，情侣自己的心里就开着一个荷花池，在温柔时沉静、在激情时喧哗，始知道，荷花是开在池中，也开在心里。如果看见情侣在池畔争吵，就让人感觉他们的荷花已经开到秋天，即将留得残荷听雨声了。

夏天荷花盛开时，是美的。荷花未开时，何尝不美呢？因为所有的荷叶还带着稚嫩的青春。秋季的荷花，在落雨的风中，回忆自己一季的辉煌，也有沉静的美。到冬天的时候已经没有荷花，还看不看得见美呢？当然！冬天的冷肃让我们有期待的心，期待使我们处在空茫中又能见到未来之美。

一切都是美的，多好！

最真实的是，不管如何开谢，我们总知道开谢的是同一池荷。

看荷花开谢，看荷畔的人，我总会想起禅宗的一则公案。有一位禅者来问智门禅师："莲花未出水时如何？"

智门说："莲花。"

禅者又问："出水后如何？"

智门说："荷叶。"

如果找到荷花真实的心，荷花开不开又有什么要紧？我们找到自己心中的那一池荷花，比会欣赏外面的荷花重要得多。

在无风的午后，在落霞的黄昏，在云深不知处，在树密波澄的林间，乃至在十字街头的破布鞋里，我们都可以找到荷花的心。同样的，如果我们无知，即使终日赏荷，也会失去荷花之心。

这就是当我们能反观到明净的自性，就能"竹密无妨水过，山高不碍云飞”，就能在山高的林间，听微风吹动幽微的松树，远听，近闻，都是那样的好。

拈花四品

／ 不与时花竞／

诵帚禅师有一首写菊的诗：

篱菊数茎随上下，无心整理任他黄。
后先不与时花竞，自吐霜中一段香。

读这首诗使人有自由与谦下之感，仿佛是读到了自己的心曲，不管这个世界如何对待我们，我只要吐出自己胸中的香气，也就够了。

在台湾乡下有时会看到野生的菊花，各种大小各种颜色的菊花，那也不是真正野生的，而是随意被插种在庭园的院子里，它们永远不会被剪枝或瓶插，只是自自然然地长大、开启与凋零，但它们不失去傲霜的本色，在寒冷的冬季，它们总可以冲破封冻，自尊地开出自己的颜色。

有一次在澎湖的无人岛上，看见整个岛已被天人菊所侵占，那遍满的小菊即使在海风中也活得那么盎然，没有一丝怨意地兴高采烈，怪不得历史上那么多诗人画家看到菊花时都要感怀自己的身世，有时候，像野菊那样痛痛快快地活着竟也是一种奢求了。

“天人菊”，多么好的名字，是菊花中最尊贵的名字，但它是没有人要的开在角落的海风中的菊花。

最美的花往往和最美的人一样，很少能看见，欣赏。

／ 山野的春气／

带孩子到上城和三峡中间的山中去，正好是春天。这是人迹稀少的山道，石阶上还留着昨夜留下的露水。在极静的山林中，仿佛能听见远处大汉溪的声音。

这时我们看见在林木底下有一些紫色的花，正张开花瓣在呼吸着晨间流动的空气。那是酢浆草花，是这世界上最平凡的花，但开在山中的风姿自是不同，它比一般所见的要大三倍，而且颜色清丽，没有丝毫尘埃。最奇特的是它的草茎，由于土地肥满，最短的茎约有一尺，最长的抽离地面竟达三尺多。

孩子看到酢浆花神奇的美大为惊叹，我们便离开小路走进山间去，摘取遍生在山野相思树下的草花，轻轻一拈，一株长长的酢浆花就被拉拔起来。

春天的酢浆花开得真是繁盛，我们很快就采满一大束酢浆花，回到家插在花瓶里，好像把一整座山的美丽与春天全带了回来。连孩子都说："从来没有看过这样美的花。"来访的朋友也全部被酢浆花所惊艳，因为在我们的经验里几乎不能想象，一大束酢浆花之美可以冠绝一切花，这真是"乱头粗服，不掩国色"了。

酢浆花使我想起一位朋友的座右铭：在这个时代里，每个人都像百货公司的化妆品，你的定价能多高，你的价值就有多高。

／ 紫蓝色之梦 ／

在家乡附近有一个很优美的湖，湖水晶明清澈，在分散的几处，开着白色的莲花，我小时候时常在清晨雾露未褪时跑去湖边看莲花。

有一天，不知从什么地方漂来一株矮小肥胖的植物，根、茎、叶子都是圆墩墩的，过不久再去看的时候，已经是几株结成一丛，家乡的老人说那是“布袋莲”，如果不立即清除，很快湖面就会被占满。

没想到在大家准备清除时，布袋莲竟开出一串串铃铛般的偏蓝带紫的花朵，我们都被那异样的美所震住了，那些布袋花有点像旅行中的异乡人，看不出它们有什么特殊，却带着谜样的异乡的风采。布袋莲以它美丽的花，保住了生命。

来自外地的布袋莲有着强烈繁衍的生命力，它们很快地占据整个湖面，到最后甚至丢石头到湖里都丢不进去，这时，已经没有人有能力清除它了。

当布袋莲全面开花时，仍然有摄人的美，如沉浸在紫蓝色的梦境，但大家都感到厌烦了，甚至期待着台风或大水把它冲走。

布袋莲带给我的启示是：美丽不可以嚣张，过度的美丽使人厌腻，如同百货公司的化妆品专柜一样。

／ 马鞍藤与马蹄兰／

马鞍藤是南部海边常见的植物，盛开的时候就像开大型运动会，比赛着似的，它的花介于牵牛与番薯花之间，但比前者花形更美，花朵更大，气势也更雄浑。

马鞍藤有着非常强盛的生命力，在海边的沙滩曝晒烈日、迎接海风，甚至灌溉海水都可以活存，有的根茎藏在沙中看起来已枯萎，第二年雨季来时，却又冒出芽来。

这又美又强盛的花，在海边，竟少人会欣赏。

另外，与马鞍藤背道而驰的是马蹄兰，马蹄兰的茎叶都很饱满，能开出纯白的恍若马蹄的花朵。它必须种在气温合适、多雨多水的田里，但又怕大风大雨，大雨一下会淋破它的花瓣，大风一吹又使它的肥茎摧折。

这两种花名有如兄弟的花，却表现了完全相反的特质，当然，因为这种特质也有不同的命运。马鞍藤被看成是轻贱的花，顺着自然生长或凋落，绝没有人会采摘；马蹄兰则被看成是珍贵的被宝爱着，而它最大的用途是用在丧礼上，被看成是无常的象征。

人生，有时像马鞍藤与马蹄兰一样，会陷入两难之境，不过现代人的选择越来越少，很少人能选择马鞍藤的生活，只好做温室的马蹄兰。

一切水月

一性圆通一切性，

一法遍含一切法；

一月普现一切水，

一切水月一月摄。

——**永嘉玄觉禅师**

铁眼禅师是刻印日本藏经的第一人，他在年轻时发愿要刻一套日文版的藏经，一共有七千余卷，大家都觉得是不太可能的梦想，但铁眼却一个人默默地去

实践梦想。

铁眼开始到各地去沿门托钵，以筹募刻印藏经的金钱，他每天出门时虔诚得像去讲经，对于每一位奉献印经的人，就好像面对菩萨一样的感恩。

经过了十年之久，铁眼和尚终于筹足了资金，准备开版印制藏经。很不巧的是，当时宇治川河水泛滥，由于严重的水灾，带来了很大的饥荒，铁眼和尚便把筹印藏经的钱全部拿出来救济灾民。

等到饥荒过后，他又开始每天沿门托钵，经过了几年，当他准备再度开版印经的时候，日本发生了传染病的大流行，铁眼于是又把要刻藏经的钱，拿来济助不幸的灾民。

传染病过后，铁眼又像以前一样沿门托钵，却总是一波三折，二十年后，铁眼才把日本第一套藏经印成。这套大藏经的初版雕版，一直到今天还保存在京都的黄檗寺，像铁眼慈悲心切、行愿深长，而使佛教智慧深植日本的故事真是非常动人。

到现在，日本人还这样告诉子孙：“铁眼刻了三套藏经，前两套不见形状，但比第三套还要殊胜。”

学习禅道的人虽然讲空，“空”并非漠视人生的一切，而是一种不执着的心，铁眼和尚发下大愿要印藏经，但他并不执着于印经，他深知法界平等无二之理，如果对人没有真实的慈悲，刻印藏经就流于形式、失去意义了。这使我们想到西方哲学的命题：“在一场火灾中，选择一幅价值连城的名画和一只平凡的猫时，我们要选择哪一个呢？”

不用考虑，有慈悲心的人一定选择猫，而不选择名画，因为，生灵是最值得珍惜的，一个人不能真正疼惜生命，艺术也将失去最宝贵的依托。学禅者也是如此，若不能进入内在生命，看见光华的慈悲，则禅也成为一朵空中的花了。

在《指月录》里曾记载一则这样的公案：

有一位老太婆，建了一座茅庵供养一位和尚二十年，常常叫一位少女去送饭服侍。一天，老太婆教那少女送饭时抱住那位和尚问：“正这么时如何？”

少女遵从老太婆的话做，送饭时就一屁股坐在和尚腿上问道：“正这么时如何？”和尚表情严肃地说：“枯木倚寒岩，三冬无暖气。”（这就像一枝枯干的木头倚靠在寒冷的山壁，三年也生不起一点暖气。）

少女回来把和尚的话对老太婆说，老太婆生气地骂道：“我二十年供养只得个俗汉！”于是，放一把火烧了茅庵，把和尚也赶走了。

禅心是和谐之心，不是断灭之心；禅心是活泼之心，不是死寂之心；禅心是温暖如阳光之心，不是寒冷如冰雪之心；禅心是如如地注视生命，不是转头逃避生命。

禅心要不动如山，但山上有青翠的林木、鲜艳的花草以及响亮的鸟声、吹动的微风。

禅心要广大如海，但海里有汹涌的波浪、蔚蓝的颜色以及动人的潮声、活泼的水族。

山的承担、海的包容都是从认识生命的本质而生的，生命里如果没有暖气，禅心要从何而生呢？

真实的生命最重要，赵州从谂禅师有一个故事。有一位老太婆请人送钱给赵州，请他转藏经，赵州把钱收下，然后下禅床转了一圈，对送钱来的人说："请告诉老太婆，转藏经已经完成了。"

赵州将自己当成藏经来转，与铁眼印的无形藏经，都是在教化我们：真实的般若是未说一字的，摆在墙上的藏经很重要，但它到底是形式的书，禅者的实践体验才是活的，比形式更重要。

地暖，或者春寒

黄花漫漫，翠竹珊珊；
江南地暖，塞北春寒。
游人去后无消息，
留得云山到老看。

——**宝觉禅师**

我们看到禅师又哭又笑、又跳又叫、又打又骂时，会觉得十分难以理解，那是因为我们用分别之眼在看禅师的不二之心，自然不能知道那站在高处的风

景——在低处的时候，我们住在这个村落，想到隔山那边另外的村落很遥远，如果我们爬到了山顶，这个村落到那个村落，只是一转头、一瞬目的事了。

我童年的时候，每次随母亲回娘家，总觉得外婆住在很遥远的地方，因为是用步行，加上人小腿短，在中途都要休息好几次，好不容易抵达，和哥哥弟弟全累成一团了。不久前，我开车载母亲回去，发现十分钟不到我们就在外婆家的院子了。

这个世界是相对的，时间空间的改变，使我们对事物的看法改变，禅心也是如此，它不是用来改变生活的，而是看清生活的真实。与“禅心”相对的是“凡心”，也就是凡俗的心，是一般人眼见的世界，是迷惑于世界的变幻，禅者不同的是在这种变幻中看到了真如，体会了不动的一面。

药山惟俨禅师有一天和两位得意的弟子道吾与云严在庭院中散步，看到院子里有两棵树，一棵正繁茂地生长，另一棵则完全枯干了，药山指着两棵树问道吾：

“是枯的对，还是荣的对？”

“荣的对。”道吾回答说。

药山说：“灼然一切处，光明灿烂去！”（如果是繁茂的才对，那么一切都是光明灿亮的了！）

然后，他转头问云严：“是枯的对，还是荣的对？”

“是枯的对。”云严回答说。

药山说：“灼然一切处，放教枯淡去！”（如果是枯干的才是对的，那么一切都是枯萎死寂了！）

这时候，正好一位小沙弥走过，药山就问他：“是枯的对，还是荣的对？”

小沙弥回答说：“枯者从他枯，荣者从他荣。”（枯干的让它枯干，繁茂的让它去繁茂吧！）

药山说：“不是！不是！”（你们说的都不对！）

然后就不说话了。

这个公案很有趣，启示我们，人很容易被表象所惑，其实枯干的树曾经繁茂过，繁茂的树到最后也会枯干，枯或荣只是它们的表面现象，本质是没有差别的。我们加以分别对错，就是对实相的无知。然而，如果都不理它、任它去，也是不对的，因为这就失去了认知的本体，没有自我的观照了。

若拿这个来象征禅心，禅心既不应该被繁茂之境转成光明灿烂，也不应该被枯干之遇转成放教枯淡，当然，完全无为也不对。它是在内在里无所不能，在表现上有所不为，是不被境况转动，有如行云不被高山所阻挡，流水不被树竹妨碍，踏雪而过，了无痕迹。

马祖道一有一次和百丈怀海在散步，突然看见一群野鸭子飞过天空。

马祖问百丈："那是什么？"

百丈说："野鸭子！"

马祖问："野鸭子到哪里去？"

百丈答："飞过去了！"

马祖于是回头用力捏了百丈的鼻子，百丈痛得大叫失声，马祖说："野鸭子又飞过去了！"百丈听了有所省悟，等回到寺院里，自顾自地哀哀大哭。师兄弟都来问他：“你在想念父母吗？”百丈说：“没有！”又问：“那么你是被人骂了？”百丈说：“也没有！”又问：“那你为什么大哭呢？”百丈说：“我的鼻子被师父捏得痛到骨头了！”大家就问他：“你和师父有什么因缘不契呢？”他说：“你们去问师父吧！”

师兄弟一起去问马祖说：“师父！百丈有什么因缘不契，正在寮房里大哭呢？”

马祖说：“是他会了，你们回去问他吧！”

大家回到寮房就问百丈：“师父说你已经会了，叫我们来问你！”

百丈听了哈哈大笑，大家都不得其解说：“你刚刚还在大哭，现在怎么又大笑了？”

百丈说：“适来哭，如今笑。”（刚刚想哭就哭，现在想笑就笑！）

百丈怀海如果生在现代，又落在俗人眼里，一定以为他的精神有问题，因为我们一般人没有这样痛快淋漓，我们总是为昨日的烦恼忧伤，或沉醉在往日的情怀里，我们总是压抑自己的情绪，想哭不敢哭，想笑不会笑！

禅师们的眼里，枯或荣、黄花或翠竹、地暖或春寒都只是境况的转换，云山总是不变的。

枯就是荣，笑就是哭。只有在冬天落得很干净的树，春天才能吐出最翠绿的芽！只有哭得很好的人，才能笑得很好！

哭是很开朗的！笑是很庄严的！只要内心处在常醒的状态，一切都是好的。

寒山月华白

碧涧泉水清，
寒山月华白。
默知神自明，
观空境逾寂。

——**寒山**

少年时代曾着迷过寒山拾得，当时嬉皮盛行，寒山拾得放怀自适的诗歌成为青年的典范，风靡了世界。

寒山拾得是好朋友，唐贞观年间居住在天台唐兴县寒岩中，时常往还于国清寺，与国清寺的丰干禅师相熟，三人都是苦行僧，能诗书，尤以寒山子为最，他到处写诗，书于竹木石壁，经后人抄录，计有三百零三首，因而，他不仅是震古烁今的大禅师，也是照耀文学史的大诗人。

寒山、拾得、丰干都来历不明，年籍不详，寒山、丰干都是自号，拾得则是丰干禅师在山上的松径上捡到的，取名为“拾得”。寒山以桦皮为冠，布裘敝履，或长廊唱咏，或村野歌啸，他吃的东西是国清寺剩下的食滓，由拾得放在竹筒中，寒山每次到国清寺则背负而去。

寒山的生活真的有如嬉皮，他与嬉皮不同的是，有一个高洁明净的心灵世界，是开悟之后的自由自在，而不是肤浅地排斥世俗生活，做着回归自然的大梦。

寒山的诗歌高迈清越，不拘格律，自成一派，有超然于物外，不为俗事困顿的气概。寒山也有温柔细致的调子，有如宝珠现于清溪，锦缎展于陋室，仿佛月光华美，照彻天心。除了文前的“寒山月华白”，我试捡取三首短诗：

吾心似秋月，碧潭清皎洁。
无物堪比伦，教我如何说。

水清澄澄莹，彻底自然现。
心中无一事，水清众兽现。

谁家长不死？死事旧来均。
始忆八尺汉，俄成一聚尘。
黄泉无晓日，青草有时春。
行到伤心处，松风愁杀人。

如果不是清澈的悟道与动人的文思，如何能写出这么动人心灵的诗歌呢？与寒山交好的拾得也善于诗，留下的诗有五十余首，这里选两首来看看：

无去无来本湛然，不居内外及中间。
一颗水精绝瑕翳，光明透出满人天。

可笑是林泉，数里少人烟。
云从岩嶂起，瀑布水潺潺。
猿啼唱道曲，虎啸出人间。
松风清飒飒，鸟语细关关。
独步绕石涧，孤陟上峰峦。
时坐盘陀石，偃仰攀萝沿。
遥望城隍处，惟闻闹喧喧。

我们在寒山拾得的诗歌中看到山林大地自然动人的本质，也体会了人的心灵要像风云日月一样高明庄严，才能相映于大地之心，因此，禅的心就是大地之心，禅的诗就是大地之歌。但是，寒山拾得似乎早就料到后代有嬉皮后裔，学习他们的嬉笑皮毛，而不知他们悟道的清朗血肉，拾得有诗说：

我诗也是诗，有人唤作偈。
诗偈总一般，读时须子细。
缓缓细披寻，不得生容易。
依此学修行，大有可笑事。

他们从内心深处流露的诗歌，虽言简意白人人可读，却绝不是容易的，不应以容易观之。他们的友谊与诗歌一样动人，是心与心的相映照，不是文人的杯酒风流，拾得还有诗说：

寒山住寒山，拾得自拾得。
凡愚岂见知？丰干却相识。
见时不可见，觅时何处觅。
借问有何缘？却道无为力。

寒山拾得的生平虽不可知，却留下了许多传说轶事，最有趣的是，当时有一位闾丘太守要到丹丘为官，遇到了丰干禅师，于是问说："天台地方有什么贤能的人可以做我的老师？"丰干禅师说："寒山文殊，拾得普贤，现在在国清寺厨房工作，可以做你的老师。"闾丘太守到任三天，专程去拜见寒山拾得，见到两人礼拜说明来意，二人大笑说："丰干饶舌，阿弥不识，礼我何为？"两人遂大笑走出寺门，从此不知所终。

在这个故事中，我们看见了他们是如何生活在世俗不到之处，寒山拾得在禅悟、文学、生命风格上都值得我们更大的尊崇与更高的肯定。

读到宋朝如琰法师颂扬寒山子的诗：

夜半落草花，日轮曜卓午。
寥寥天地间，只有寒山子。

想起居住在寒岩，胸怀如日月遍照大地的寒山拾得，在这寥寥的天地之间，有谁识得？不禁掷笔叹息！

星月是人们对远方的一种梦想

在台湾，很多老年人相信每个人都代表着天上的一颗星星，当一个人死的时候，天上象征他的那颗星星就会坠落。当我小的时候，听到这种传说，非常的感动，每在晚上坐在院子里，心想："我到底是哪一颗星星？"我相信自己一定是天上最亮的那颗星星，结果常常在月亮旁边找到一颗最亮的。我几乎每天晚上都要跑去看那颗星星，然后暗自庆幸："还好它还没有掉下来。"这种想法使我度过一段漫长、灰色的童年，也使我有勇气去面对困境。

还有一种传说就是：当我们在晚上看到流星坠落

的时候，如果对着流星许愿，我们的愿望就会实现，这是很美好的传说，可惜愿望却很难实现。我从前曾经对着很多流星许过愿望，后来都没有实现，然而，这个说法的重点并不在于愿望能否实现，而在于我们跟整个宇宙之间非常密切又不可知的关系。

很多人一年顶多在中秋节抬头看一下月亮，很少人会天天抬起头来看看天上，而我就是那些少数的人，不管走在什么地方，我都会抬起头来看看天上，当晚上，热闹的人潮退去时，站在街头中间抬头看天上的星星，是一种令人感动的经验。

天上的月亮、星星亘古以来都是沉默的，为何会让历史上千万人感动？是不是每个人的心里都有一个月亮，或者很多星星？我常常在想，天上的月亮和星星是人对远方的一种梦想和寄托，而这种梦想和寄托并不是凭空而来的，它一定跟我们心里的某些东西相应，譬如你和爱人站在太阳底下，就不会想到对着太阳起誓，因为这种阳光太剧烈了，令人感到燥热。可是到了晚上，月光那么温柔明亮，又带着神秘的气息，这时候发誓，感觉上誓言是那么真诚，它可以说是和我们心底的一些梦想相应。

我记得小时候，家里住在离火车站不远的铁路旁，孩子们常常跑到铁路旁去玩，这些带给我很特殊的童年经验，譬如说，我那时候非常喜欢把耳朵贴在铁轨上，听火车开过来的声音，听到后来，就可以断定火车是从南方来或北方来，甚至从它的速度可以确定是柴油快车或普通车。我还喜欢在火车开过去后，将脸贴在铁轨上，感觉火车的温度，仿佛自己和这部火车有密切的关联。为什么我喜欢这种游戏？因为买不起火车票，只好在铁路旁看着火车开过来开过去后，培养一些梦想，希望有一天也能坐着火车到远方去。

童年时代对远方的梦想，对我后来的成长有很多启发和帮助，我举个例子来说，我小时候非常喜欢看地图，譬如我常打开台湾地图，心想我现在要到台北、基隆去，那里会有什么东西？后来感觉台湾都游遍了，就改看世界地图，幻想到各国游历。那时，我们家有很多孩子，每个孩子都要轮流做家事，有一天，正好轮到我要生火烧洗澡水，烧火是很无聊的事，于是我趁着父亲在洗澡，便一面烧火，一面看世界地图，梦想着到埃及去看金字塔，由于太专注了，忘记自己正在烧火，梦想到半途，我爸爸围着一条毛巾，从浴室跑出来，打我一巴掌说："为什么火熄了，你都没注意，你到底在干什么？"我说："我在看埃及地图，有一天我长大后，一定要到埃及去玩。"我爸爸大声地骂道："我告诉你，你这辈子不可能到那么远的地方去。"临转身又踢我屁股一脚说："赶快生火！"他进入浴室后，我的泪水跟着流下来，心里涌起一个疑问："难道我这辈子真的不可能到那么远的地方去玩吗？"

多年后，有一次我到埃及去，就坐在金字塔前面给父亲写明信片，我写道："亲爱的爸爸，我现在坐在埃及金字塔前面给你写信，记得某年某月某日，你曾说过我这辈子不可能到这么远的地方来，而我现在就坐在这里给你写信。"一边写，眼泪也跟着一边流下来。幸好我小时候有这种梦想，后来才会到埃及去。

当我们真正实现梦想时，心里是非常欣慰的。我学佛后，身边很多不学佛的朋友都劝我：“你不要信那一套，这个世界上绝对不可能有净土的，净土只是你们的梦想，阿弥陀佛的极乐世界也只是你们的梦想。”当他们这样讲时，我就想到爸爸骂我的话：“你不可能到埃及去，那只是你的梦想。”

所以，我就一直梦想，只要我一直念佛，有一天投生到西方净土去，我就要写信给这些不信佛的朋友，告诉他们：“我现在坐在净土的莲花池畔给你写信。”也许净土的写信方式不一样，不过，我相信，即使我们在净土，也可以和这个世界交通，所以，不要忽视一个人的梦想。像星星月亮虽然赋有人的梦想，可是它不应该只是梦想而已。

关于月亮，有很多有趣的事情。小时候，我家隔壁住了一位七十几岁的老先生，有一天，电视播出阿姆斯特朗登陆月球的实况转播，大家都大为赞叹，可是，老先生却不相信这件事，他说：“那都是在骗人的，你们不要被骗了。”老先生的孙子正好是我的好朋友，我跟他说：“你的阿公已经七十几岁了，还不相信人类可以登上月球，你一定要在他死前，让他相信人类真的登上月球。”于是，老先生的孙子每天都告诉他阿公说，人类登上月球是真的，结果却被阿公骂：“猴死囝仔，你吃不到三两米，就想来骗我这个老伙仔，电视里都是在演戏，月娘怎么可以爬上去，我拿钱给你们读书，都读到背上。”老先生一直到死，都不相信人类真的可以登上月球。

深香默默

秋天一到，家屋前两株高大的桂花树，一转眼全盛开了，乳白色的小花一丛一丛点缀在枝叶间，白日里由于阳光灿亮、枝丫茂盛，桂花隐藏着很难被发现，一到夜晚，它便从叶片后面吐出了香气。

桂花的香味很清淡，但飘得很远，我每天回家，刚走到阶梯口，就远远闻到那淡淡的香气，还常常飘到屋里来。桂花香是所有的花香中最好的香，它淡雅而深远，不像有的花香浓烈而肤浅。

盛夏的时候，山下的七里香也开得丰富。那种香真是能飘扬七里外，可是只宜于远赏不适合近闻，距离一近就浓得呛鼻，香得人手足无措。还有，我园子里有两株昙花，开放的时候也有香气，是一种淡淡的奶香，可惜只能凑近了闻，站开一步则渺无气息了。

只有桂花是远近皆宜，淡淡有余裕。

可能是桂花的这种特性，凡物一冠上“桂”字就美了三分，“桂林”的山水是天下之冠，“桂竹”是所有竹子中最秀美的，“桂酒”是酒类中最香的；就连广西的“桂江”想起来也是秀丽无匹，诗人的头上加了“桂冠”则是一种至高无上的荣誉。

仔细地想起来，中国人实在是个爱“桂”的民族，早在神话中的“吴刚伐桂”，桂树就已有了高大无伦、不能破坏的形象。《酉阳杂俎》里说：“月中有桂树，高五百丈”。这棵桂树是有魂魄的，是伐不倒的。苏轼在《中秋词》里曾为之赞叹：“桂魄飞来光射处，冷浸一天秋碧。”唐朝诗人李德裕也写过“桂殿夜凉吹玉笙”的名句。

历史上还有两位皇帝是爱桂树的，汉武帝曾经造了一个宫殿，用了“七宝床、杂宝案、厕宝屏风、列宝帐”来装饰，这个宫殿和当时的明光殿、柏梁台齐名，名字就叫“桂宫”。后来，南朝的陈后主为他的爱妾张丽华也造过一个“桂宫”，摆设是“圆门如月，障以水晶，庭中空洞无物，仅植一桂”，我们很可以想象那个宽广的只植一株桂树的庭院，浪漫与美丽，即使陈后主没有什么治绩，光是这棵桂树，也能传承不朽了。

文学作品里以桂为名的也不少，宋朝词牌有“桂枝香”、清朝戏曲有“桂花霜”，诗人宋之问曾写下“桂子月中落，天香云外飘”的诗句，对桂花的香味可以说是一语道尽。

我是爱桂花的，常常把摇椅搬到庭院里看书，晚来的凉风一吹，桂花就开始放散它的魅力，终夜不息，颇有提神醒脑的功用，我常想，这也许就是宋之问当年闻到的“天香”，本不是人间应有。

想到“天香”，我又记起几年前读过的一本古老的佛经《维摩经》，里面提到一个菩萨的理想世界，名字就叫“众香国”。

这个“众香国”远在四十二恒河的沙佛土，“其国香气，比于十方诸佛世界人天之香，最为第一”，原来在“众香国”里，是以香作楼阁，以香为地，苑园皆香，甚至菩萨们吃的饭也是香的，他们吃饭时散放出来的香气，可以周流十方无量世界。他们盛饭的用具也是香的，叫“众香钵”，所种的树当然也是香树了。

生息在“众香国”的菩萨，甚至到了“毛孔皆出妙香”的地步。

由于长在那里九百万菩萨的身上太香，当他们要到人间普度的时候，连佛也不得不告诫他们：“摄汝身香，无令彼诸众生起惑著心。又当舍汝本形，勿使彼国求菩萨者，而自鄙耻。又汝于彼莫怀轻贱，而作碍想。”

香气太盛而有碍度众生，实在是不可思议的事。

“众香国”是一个佛经里的浪漫传说，它无微不至的“天香”是人间所不可能的。我想，人间也不必有，人间虽有生苦、有老苦、有病苦、有死苦、有爱别苦、有怨憎会苦、有所求不得苦、有五阴盛苦、有失去荣乐苦等诸苦，可是到底有苦有乐，有臭有香，是个多姿多彩的世界。如果连屎尿、脓血、涕唾都是香的，日子便也没有过下去的意思了。

我的信念是，我们应该有肯定世间一切臭的污秽事物的气魄，因为再腐败的土地也会开出最美丽的莲花。如果莲花不出于淤泥，而长在遍地天香的土地上，它的美丽也不会那么珍贵。

我并不希望人世间都是庄严美丽的世界，也不期待能生活在众香国度，我只想渴的时候有一口水喝，夜读的时候，有沉默清雅的桂花深香默默地飘来，就够了。

雪三昧

／ 之一：白鹭立雪／

白鹭立雪，
愚人看鹭，
聪明见雪，
智者观白。

在山东东营旅行，最开心的是去看黄河入海口。

原本以为黄河入海口大约像台北淡水河河口，坐小船五分钟就可以横渡。

及至站在黄河入海口，完全被那景致的广大与壮阔震慑了：先是一望无际的芦苇，再是无边无涯的湿地，最后才是黄浪滚滚的海滨。

黄河从遥远的源头，穿越无数的山水平芜，到了海边往四面扩散。站在朔风野大的海边，把视觉放大到极致之境，也无法看清。河水到底有多么宽广呢？登上木造的小楼，用望远镜，左右扫瞄，依然无边。

无法形容那种感动。黄河原只是小小的一条，向前穿行时，许多的溪流、许多的雨雪，一点儿一点儿地汇集，黄河越来越大，最后流到了东营，便成为数百里的湿地了。

湿地的物产丰富，有数不清的鱼虾。

东营的朋友说："童年的时候，湿地还没有管制，跳进水里，空手就可以抓到许多鱼！"

"一点儿也不夸张，那时河海交界处，有许多大闸蟹，个个肥美。小时候还不懂吃大闸蟹，一捕一大桶，回家剁成小块喂鸭子，鸭子吃了大闸蟹，鸭蛋黄特别红！"朋友自我解嘲，"后来香港人来旅游，才知道大闸蟹是宝，大家才开始吃。早知道，二十年前开始外销，早就发财了！”

大闸蟹不解吃，倒是吃了不少野鸟，一直到管制以后才没人吃了。

东营是最大的野鸟集散地，留鸟与候鸟都很繁多，吃海水和淡水的鱼虾永不匮乏。

喜欢观鸟的人，带着望远镜来看会感动到哭。

河海茫茫、天地悠悠，看见一只丹顶鹤突然展翅飞起，群鹤比翼追随，在蔚蓝的海上自在回旋，想到人生能有几回看到这壮丽的景色，怎不感怀殊深！

或者是在冬季，大雪纷飞，把大地盖成一片安静的银白，那白是如此纯粹，如此无染。

突然，雪中有了一丝动静。

定睛凝视，原来是一只白鹭，在雪原中散步，一步一慢，久久才动一下。

心中一惊，原来那是古代禅师说的“白鹭立雪”“银碗盛雪”“白马入芦花”“雪花一片又一片，飞入芦花都不见”的境界。

白中有白，白外有白，白上还有白。

以为白是静的，静中还有动；以为白是大的，大里又有小；以为白是无分别的，无二里还有独一。

“白鹭立雪”不只在说眼前的景，也在说开悟的境。

世俗的人看见了雪中的白鹭，便会忘记雪的存在；看见了追逐，忘失了平静；追求小的价值，忽略了纯净如雪的本质。

聪明的人知道白鹭伫于雪中，只是一时的、短暂的，因此常常会提醒自己，不要丢失了可贵的纯净。

有智慧的人，只是静观，不起分别。

雪是美，白鹭亦美；雪为纯净，白鹭亦为纯净。

雪是静的，白鹭是动的；雪为大，白鹭为小。

智者观之，皆起欢喜，因为了知白雪与白鹭都是天地的偶然，就像人站在下着雪的黄河入海口，也只是一个过客。

人间本来就是一个混沌。“白鹭立雪”是极目时的一道悟的闪光，你看见了，一切正像如此，明明白白。

回到繁华的东营市区，住进我预订的小房间。饭店的总经理突然造访，免费为我升格行政套房，两室一厅外加阳台，比我原订的小房间大十倍。

换房完成，心想："我用不着这么大的房间呀！这就像白鹭立雪，更显自己的渺小。"

正寻思时，总经理又来敲门，带来了笔墨求字，希望挂在大堂的墙上。

回不去那个小房间了，只好写字："白鹭立雪，愚人看鹭，聪明见雪，智者观白。"

"林老师！可否解释一下？"

"说不出来，慢慢参吧！"

／ 之二：雪里梅花初放／

雪里梅花初放，暗香深夜飞来。

正对寒灯独坐，忽将鼻孔冲开。

我喜欢穿越森林，也喜欢沿着溪边散步。

我喜欢在海滨聆听潮声，也喜欢在山顶上倾听鸟的鸣唱。

如果有一天不走出家门、走入林间山树、走向山河土地、走近日月星辰，就感觉那一天是白白地逝去了。

所以，我永远无法了解宅男腐女的生活，我也永远不能了知人可以坐在电脑前几天几夜的事。

有人告诉我：“现在已经不买书了，但还是读书，是坐在电脑前面读的。”

我说：“你知道在佛陀的时代，《四吠陀》《奥义书》是不准在房里读的。要捧着书走进森林，坐在大树下才准读，否则会受到祭师的责罚。”

“为何不能在房里读？”

“因为在房里是读不通的。坐在林间树下，感受神圣，才有可能读懂神圣的思想呀！”

不只是读书，从前，佛陀在森林中修行、在大树下成道、在园林里讲道，几乎都不在房里。苏格拉底、柏拉图、亚里士多德讲课都在野外。

孔子和孟子呢？他们讲课的地方叫杏坛，应该就在杏树下，春天有杏花香，夏天有杏子飘落。

人，要在自然里成长、得悟。

自然，能让人看见变化和无常。

自然，能让人深化感觉与体会。

自然，能让人关照生机与意趣。

自然，能让人变得谦逊和宽容。

追逐繁华的人，他们的家乡是高楼大厦、名牌商品、五星级大饭店。

寻找悟境的人，他们的家乡是蓝天白云、山水花木、河海的远方。

春天的百花、夏夜的明月、秋日的凉风，与冬寒的白雪呀，都有着甚深的消息。

如若不能走入自然，那就把门窗打开吧！

你独坐灯下，远看着院子里含苞很久的梅花，孤独地站在雪地上，白雪红梅，美到极致了。

没想到在深夜时刻，一阵似有似无的香气突然飞来，把你的鼻孔冲开，灌入你的脑、你的心、你全身的细胞。你的一切妄想都消融化去，成为梅香的一缕。

不管这个世界会迈向什么样的电子时代，我都希望能守住雪中的一缕梅香。

不管这个时代会走向什么高科技的未来世界，我都愿意捧一本书到树下去阅读。

我愿谛听一只小蚱蜢的扑翅，也愿静观一株小草随风飘摇；我愿远观一头蓝鲸的喷泉，也愿欣赏雪地细微的鸟踪……我愿与大自然的一切法侣走向宇宙之心。

／ 之三：好雪片片／

好雪片片，

不落别处！

阳明山的樱花，我最喜欢“想启小馒头[1]”对面

① 想启小馒头：台北市的一种手工小馒头，有各种味道。这里指“想启小馒头”的一家店铺。

那三棵樱花树。

三棵樱花树皆高数丈，花开满树红，燃烧人的眼目。

我每次站在那三棵樱花树前面，总舍不得转移视线、闭起眼睛。有时就买一袋小馒头坐在地上，一口一口吃着各种口味的馒头，山药、南瓜、芋头、黑糖、绿茶……一直到小馒头吃完，才依依不舍地和树道别。

那三棵樱花树可能不是阳明山最美的，却是与我的友谊最长远的，属于“人生若只如初见”的朋友。

小学三年级，我第一次到台北，堂哥带我从平等里步行上阳明山，沿路看樱花。那是此生第一次看见樱花，便被樱花的美感动不已。

走到三棵樱花树前，感动得哭了，难以想象人间有这么美的樱花树。

后来住在台北，年年花季前都会到那里去看花，仿佛默默有个约定。从第一次相遇，匆匆，五十年过去了。

今年在外居停久了，回来立刻去探视。才二月初，樱花谢了，吐出新芽。我站在对面地上，怅然不已。

卖小馒头的老板说，今年这三棵樱花树开得最早，过年那几天就盛开了，谁也料不到！过年后连续下大雨，一星期花全掉光了！这世界，天气实在变得太恐怖了。

樱花年年开，我们的人生却是每年都大有不同呀！

我买了一个笋包，在树下吃起来，看到樱花树上满满的绿色芽苗，红与绿虽然不同，美却是一样的。我们执着于每年的花季，但努力开放的樱花树，每一季也都是美的，你爱其华，就要爱其芽，甚至爱每一枝枯去的树枝。

你爱树，也要爱树后的山，以及空山的雨和漂流的风。

罗汉不三宿空桑，以免对桑树留情。你不是罗汉，你还有所眷恋，你还留有一丝感情，你还期待着明年的花期。

回来的时候，走过那还盛开着的金合欢，遇到路边那棵硕大的木兰，身心无浊意，山水有清音，这世界原来如此美好。

庞蕴居士开悟了，拜别他的师父药山禅师，走到禅寺的大门，突见满天飞雪，感叹地说："好雪片片，不落别处！"

生活中每一片雪都是美好的，都下在我们的心田，不执有无、不必分别、没有高下。

每一片雪的落下，都是必然的，也是偶然。

每一朵花的兴谢，都是偶然的，也是必然。

每一个人生的因缘，虽不可预知，却有既定的流向。

触目遇缘，皆成真如。

好樱片片，亦不落别处！

惜别的海岸

在恒河边，释迦牟尼佛与几个弟子一起散步的时候，他突然停住脚步问：“你们觉得，是四大海的海水多呢？还是无始生死以来，为爱人离去时，所流的泪水多呢？”“世尊，当然是无始生死以来，为爱人所流的泪水多了。”弟子们都这样回答。

佛陀听了弟子的回答，很满意地带领弟子继续散步。

我每一次想到佛陀和弟子说这段话时的情景，心情都不免为之激荡，特别是人近中年，生离死别的事情看得多了，每回见人痛心疾首地流泪，都会想起佛陀说的这段话。

在佛教所阐述的“有生八苦”之中，“爱别离”是最能使人心肝摧折的了。爱别离指的不仅是情人的离散，指的是一切亲人、一切好因缘终究会有散灭之日，这乃是因缘的实相。

因缘的散灭不一定会令人落泪，但对于因缘的不舍、执着、贪爱，却必然会使人泪下如海。

佛教有一个广大的时间观点，认为一切的因缘是由“无始劫”（就是一个无量长的时间）来的，不断地来来去去、生生死死、起起灭灭，在这样长的时间里，我们为相亲相爱的人离别所流的泪，确实比天下四个大海的海水还多，而我们在爱别离的折磨中，感受到的打击与冲撞，也远胜过那汹涌的波涛与海浪。

不要说生死离别那么严重的事，记得我童年时代，每到寒暑假都会到外祖母家暂住，外祖母家有一大片柿子园和荔枝园，有八个舅舅，二十几个表兄弟姊妹，还有一个巨大的三合院，每一次假期要结束的时候，爸爸来带我回家，我总是泪洒江河。有一次抱着院前一棵高大的椰子树不肯离开，全家人都围着看我痛哭，小舅舅突然说了一句：“你再哭，流的眼泪都要把我们的荔枝园淹没了。”我一听，突然止住哭泣，看到地上湿了一大片，自己也感到非常羞怯，如今，那个情景还时常从眼前浮现出来。

不久前，在台北东区的一家银楼，突然遇到了年龄与我相仿的表妹，她已经是一家银楼的老板娘，提到那段情节，使我们立刻打破了二十年不见的隔阂，相对一笑。不过，一谈到家族的离散与寥落，又使我们心事重重，舅舅舅妈相继辞世，连最亲爱的爸爸也不在了，更觉得童年时为那短暂分别所流的泪是那么真实，是对更重大的爱别离在做着预告呀！

“会者必离，有聚有散”大概是人人都懂得的道理，可是在真正承受时，往往感到无常的无情。有时候看自己种的花凋零了、一棵树突然枯萎了，都会怅然而有湿意，何况是活生生的亲人呢？

爱别离虽然无常，却也使我们体会到自然之心，知道无常有它的美丽，想一想，这世界上的人为什么大部分都喜欢真花，不爱塑胶花呢？因为真花会萎落，令人感到亲切。凡是生命，就会活动，一活动就有流转、有生灭，有荣枯、有盛衰，仿佛走动的马灯，在灯影迷离之中，我们体验着得与失的无常，变动与打击的苦痛。

当佛陀用“大海”来形容人的眼泪时，我们一点都不觉得夸大。只要一个人真实哭过、体会过爱别离之苦，有时觉得连四大海都还不能形容，觉得四大海的海水加起来也不过我们泪海中的一粒浮沤。

在生死轮转的海岸，我们惜别，但不能不别，这是人最大的困局，然而生命就是时间，两者都不能逆转，与其跌跤而怨恨石头，还不如从今天起走路就看脚下，与其被昨日无可换回的爱别离所折磨，还不如回到现在。

唉唉！当我说“现在”的时候，“现在”早已经过去了，现在的不可留，才是最大的爱别离呀！

飞入芒花

母亲蹲在厨房的大灶旁边，手里拿着柴刀，用力劈砍香蕉树多汁的草茎，然后把剁碎的小块茎丢到灶中大锅，与馊水同熬，准备去喂猪。

我从大厅迈过后院，跑进厨房时正看到母亲额上的汗水反射着门口射入的微光，非常明亮。

“妈，给我两角钱。”我靠在厨房的木板门上说。

“走！走！走！没看到没闲吗？”母亲头也没抬，继续做她的活儿。

“我只要两角钱。”我细声但坚定地说。

“要做什么？”母亲被我这异乎寻常的口气触动，终于看了我一眼。

“我要去买金啖。”金啖是三十年前乡下孩子唯一能吃到的糖，浑圆的、坚硬糖球上粘了一些糖粒。一角钱两粒。

“没有钱给你买金啖。”母亲用力地把柴刀剁下去。

“别人都有，为什么我们没有？”我怨愤地说。

“别人是别人，我们是我们，没有就是没有，别人做皇帝，你怎么不去做皇帝！”母亲显然动了肝火，用力地剁香蕉块，柴刀砍在砧板上咚咚作响。

“做妈妈是怎么做的？连两角钱买金啖都没有？”母亲不再作声，继续默默工作。

我那一天是吃了秤锤铁了心，冲口而出：“不管，我一定要！”说着就用力踢厨房的门板。

母亲用尽力气，将柴刀咔的一声立在砧板上，顺手抄起一根竹管，气急败坏地一言不发，劈头劈脑就打了下来。

我一转身，飞也似的蹦了出去。平常，我们一旦忤逆了母亲，只要一溜烟跑掉，她就不再追究。所以只要母亲一火，我们总是一口气跑出去了。

那一天，母亲大概是气极了，并没有转头继续工作，反而快速地追了出来。我正好奇的时候，发现母亲的速度异乎寻常的快，几乎像一阵风一样。我心里升起一种恐怖的感觉，想到脾气一向很好的母亲，这一次大概是真正生气了，万一被抓到一定会被狠狠打一顿。母亲很少打我们，但只要她动了手，必然会把我们打到讨饶为止。

边跑边想，我立即选择了那条有火车路的小径，那是家附近比较复杂而难走的小路，整条都是枕木，铁轨还通过旗尾溪，悬空架在上面，我们天天在这里玩耍，路径熟悉，通常母亲追我们的时候，我们就选这条路跑，母亲往往不会追来，而她也很少把气生到晚上。只要晚一点回家，让她担心一下，她气就消了，顶多也就是数落一顿。

那一天真是反常极了，母亲提着竹管，快步地跨过铁轨的枕木追过来，好像不追到我不肯罢休。我心里虽然害怕，却还是有恃无恐，因为我的身高已经长得快与母亲平行了，她即使尽全力也追不上我，何况是在火车路上。

我边跑还边回头望母亲，母亲脸上的表情是冷漠而坚决的，我们一直维持着二十几公尺的距离。

“哎哟！”我跑过铁桥时，突然听到母亲惨叫一声，一回头，正好看到母亲扑跌在铁轨上面，砰的一声，显然跌得不轻。

我的第一个反应，一定很痛！因为铁轨上铺的都是不规则的石子，我们这些小骨头跌倒都痛得半死，何况是妈妈？

我停下来，转身看母亲，她一时爬不起来，用力搓着膝盖，我看到鲜血从她的膝上汩汩流出，鲜红色的，非常鲜明。母亲咬着牙看我。

我不假思索地跑回去，跑到母亲身边，用力扶她站起来，看到她腿上的伤势实在不轻，我跪下去说：“妈，您打我吧！我错了。”

母亲把竹管用力地丢在地上，这时，我才看见她的泪从眼中急速地流出，然后她把我拉起来，用力抱着我，我听到火车从很远的地方开过来。

我用力拥抱着母亲说："我以后再也不敢了。"

这是我小学二年级时的一幕，每次一想到母亲，那情景就立即回到我的脑海，重新显影。我记忆中的母亲，那是她最生气的一次。其实母亲是个很温和的人，她最不同的一点是，她从来不埋怨生活，很可能她心里是埋怨的，但她嘴里从不说出，我这辈子也没听她说过一句粗野的话。

因此，母亲是比较倾向于沉默的，她不像一般乡下的妇人喋喋不休。这可能与她的教育与个性都有关系。在母亲的那个年代，她算是幸运的，因为受到初中的教育，日据时代的乡间能读到初中已算是知识分子，何况是个女子。在我们那方圆几里内，母亲算是知识丰富的人，而且她写得一手娟秀的字， 这一点是我小时候引以为傲的。

我的基础教育来自母亲，很小时候她就把《三字经》写在日历纸上让我背诵，并且教我习字。我如今写得一手好字就是受到她的影响，她常说：“别人从你的字里就可以看出你的为人和性格了。”

早期的农村里，一般孩子的教育都落在母亲的身上，因为孩子多，父亲光是养家已经没有余力教育孩子。我们很幸运的，有一位明理的、有知识的母亲。这一点，我的姐姐体会得更深刻，她考上大学的时候，母亲力排众议对父亲说：“再苦也要让她把大学读完。”在二十年前的乡间，给女孩子去读大学是需要很大的决心与勇气的。

母亲的父亲——我的外祖父——在他居住的乡里是颇受敬重的士绅，日据时代在政府机构任职，又兼营农事，是典型读传家的知识分子，他连续拥有了八个男孩，晚年才生下母亲，因此，母亲的童年与少女时代格外受到钟爱，我的八个舅舅时常开玩笑地说：“我们八个兄弟合起来，还比不上你母亲受的宠爱。”

母亲嫁给父亲是“半自由恋爱”，由于祖父有一块田地在外祖父家旁，父亲常到那里去耕作，有时借故到外祖父家歇脚喝水，就与母亲相识，互相间谈几句，生起一些情意， 后来祖父央媒人去提亲，外祖父见父亲老实可靠，勤劳能负责任，就答应了。

父亲提起当年为了博取外祖父母和舅舅们的好感，时常挑着两百多公斤的农作物在母亲家前来回走过，才能顺利娶回母亲。

其实，父亲与母亲在身材上不是相配的，父亲是身高一米八的巨汉，母亲的身高只有一米五，相差达三十公分。我家有一幅他们的结婚照，母亲站着到父亲耳际，大家都觉得奇怪，问起来，才知道宽大的婚纱礼服里放了一个圆凳子。

母亲是嫁到我们家才开始吃苦的，我们家的田原广大，食指浩繁，是当地少数的大家族。母亲嫁给父亲的头几年，大伯父二伯父相继过世，家外的事全由父亲撑持，家内的事则由二伯母和母亲负担，一家三十几口衣食，加上养猪饲鸡，辛苦与忙碌可以想见。

我印象里还有几幕影像鲜明的静照，一幕是母亲以蓝底红花背巾背着我最小的弟弟，用力撑着猪栏要到猪圈里去洗刷猪的粪便。那时母亲连续生了我们六个兄弟姐妹，家事操劳，身体十分瘦弱。我小学一年级，幺弟一岁，我常在母亲身边跟进跟出，那一次见她用力撑着跨过猪圈，我第一次体会到母亲的辛苦而落下泪来，如今那条蓝底红花背巾的图案还时常浮现出来。

另一幕是，有时候家里缺乏青菜，母亲会牵着我的手，穿过家前的一片芒花，到番薯田里去采番薯叶，有时候到溪畔野地去摘乌莘菜或芋头的嫩茎。有一次母亲和我穿过芒花的时候，我发现她和新开的芒花一般高。芒花雪样的白，母亲的发墨一般的黑，真是非常的美。那时感觉到能让母亲牵着手，真是天下最幸福的事儿。

还有一幕是，大弟因小儿麻痹死去的时候，我们都忍不住大声哭泣，唯有母亲以双手掩面悲号，我完全看不见她的表情，只见到她的两道眉毛一直在那里抽动。依照习俗，死了孩子的父母在孩子出殡那天，要用拐杖击打棺木，以责备孩子的不孝，但是母亲坚持不用拐杖，她只是扶着弟弟的棺木，默默地流泪，母亲那时样子，到现在在我心中还鲜明如昔。

还有一幕经常上演的，是父亲到外面去喝酒彻夜未归，如果是夏日的夜晚，母亲就会搬着藤椅坐在晒谷场说故事给我们听，讲虎姑婆，或者孙悟空，讲到孩子都睁不开眼睛而倒在地上睡着。

有一回，她说故事到一半，突然叫起来说："呀！真美。"我们回过头去，原来是我们家的狗互相追逐跑进前面那一片芒花，栖在芒花里无数的萤火虫哗然飞起，满天星星点点，衬着在月光下波浪一样摇曳的芒花，真是美极了。美得让我们都呆住了，我再回头，看到那时才三十岁的母亲，脸上流露着欣悦的光泽，在星空下，我深深觉得母亲是多么美丽，只有那时母亲的美才配得上满天的萤火。

于是那一夜，我们坐在母亲的身侧，看萤火虫一一地飞入芒花，最后，只剩下一片宁静优雅的芒花轻轻摇动，父亲果然未归，远处的山头晨曦微微升起，萤火虫在芒花中消失。

我和母亲的因缘也不可思议，她生我的那天，父亲急急跑出去请产婆来接生，产婆还没有来的时候我就生出来了，是母亲拿起床头的剪刀亲手剪断我的脐带，使我顺利地投生到这个世界。

年幼的时候，我是最令母亲操心的一个，她为我的病弱不知道流了多少泪，在我急病的时候，她抱着我跑十几里路去看医生，是常有的事，尤其在大弟死后，她对我的照顾更是无微不至，我今天能有很棒的身体，是母亲在十几年间仔细调护的结果。

我的母亲是这个世界上无数的平凡人之一，却也是这个世界上无数伟大的母亲之一，她是那样传统，有着强大的韧力与耐力，才能从艰苦的农村生活过来，不丝毫怀忧怨恨，她们那一代的生活目标非常的单纯，只是顾着丈夫、照护儿女，几乎从没有想过自己的存在。在我的记忆中，母亲的忧病都是因我们而起，她的快乐也是因我们而起。

不久前，我回到乡下，看到旧家前的那一片芒花已经完全不在了，盖起一间一间的秀天厝，现在那些芒花呢？仿佛都飞来开在表面的头上，母亲的头发已经花白了，我想起母亲那年轻时候走过芒花前黑发，不禁百感交集。尤其是父亲过世以后，母亲显得更孤单了，头发也更白了，这些，都是她把半生的青春拿来抚育我们的代价。

童年时代，陪伴母亲看萤火虫飞入芒花的星星点点，在时空无常的流变里也不再有了，只有当我望见母亲的白发时才想起这些，想起萤火虫如何从芒花中哗然飞起，想起母亲脸上突然绽放的光泽，想起在这广大的人间，我唯一的母亲。

葫芦瓢子

在我的老家，母亲还保存着许多十几二十年前的器物，其中有许多是过了时，到现在已经毫无用处的东西，有一件，是母亲日日还用着的葫芦瓢子。她用这个瓢子舀水煮饭，数十年没有换过，我每次看她使用葫芦瓢子，思绪就仿佛穿过时空，回到了我们快乐的童年。

犹记我们住在山间小村的一段日子，在家的后院有一座用竹子搭成的棚架，利用那个棚架我们种了毛豆、葡萄、丝瓜、瓢瓜、葫芦瓜等一些藤蔓的瓜果，使我们四季都有新鲜的瓜果可食。

其中最有用的是丝瓜和葫芦瓜，结成果实的时候，母亲常常站在棚架下细细地观察，把那些形状最美、长得最丰实的果子留住，其他的就摘下来做菜。

被留下来的丝瓜长到全熟以后，就在棚架下干掉了，我们摘下干的丝瓜，将它剥皮，显出它轻松干燥坚实的纤维，母亲把它切成一节一节的，成为我们终年使用的“丝瓜布”，可以用来洗油污的碗盘和锅铲，丝瓜子则留着隔年播种。采完丝瓜以后，我们把老丝瓜树斩断，在根部用瓶子盛着流出来的丝瓜露，用来洗脸。一棵丝瓜就这样完全利用了，现在有很多尼龙的刷洗制品称为“菜瓜布”，很多化学制的化妆品叫作“丝瓜露”，可见得丝瓜旧日在民间的运用之广和深切的魅力。

我们种的葫芦瓜也是一样，等它完全熟透在树上枯干以后摘取，那些长得特别大而形状不够美的，就切成两半拿来当舀水、盛东西的勺子。长得形状均匀美丽的，便在头部开口，取出里面的瓜肉和瓜子，只留下一具坚硬的空壳，可以当水壶与酒壶。

在塑料还没有普遍使用的农业社会，葫芦瓜的使用很广，几乎成为家家必备的用品，它伴着我们成长。到今天，葫芦瓜的自然传统已经消失，葫芦也成为民间艺品店里的摆饰，不知情的孩子怕是难以想象它是《论语》里“一箪食，一瓢饮，在陋巷，人不堪其忧，回也不改其乐”，与人民共呼吸的器物吧！

葫芦的联想在民间有着悠久的历史，许多甚受欢迎的人物，像李铁拐、济公的腰间都悬着一把葫芦，甚至《水浒传》里的英雄，武侠小说中的丐帮侠客，葫芦更是必不可少。早在《后汉书》的正史也有这样的记载：“市中有老翁卖药，悬一壶于肆头，及市罢，辄跳入壶中，市人莫之见”。

在《云笈七签》中更说：“施存，鲁人，学大丹之道，遇张申，为云台治官，常悬一壶，如五升器大，化为天地，中有日月，夜宿其内”。可见民间的葫芦不仅是酒器、水壶、药罐，甚至大到可以涵容天地日月，无所不包。到了乱离之世，仙人腰间的葫芦，常是人民心中希望与理想的寄托，葫芦之为用大矣！

我每回看美国西部电影，见到早年的拓荒英雄自怀中取出扁瓶的威士忌豪饮，就想到中国人挂在腰间的葫芦。威士忌的瓶子再美，都比不上葫芦的美感，这是无可奈何的事，因为在葫芦的壶中，有一片浓厚的乡关之情，和想象的广阔天地。

母亲还在使用的葫芦瓢子虽没有天地日月那么大，但那是早年农庄生活的一个纪念，当时还没有自来水，我们家引泉水而饮，用竹筒把山上的泉水引到家里的大水缸，水缸上面永远漂浮着一把葫芦瓢子，光滑的，乌亮的，琢磨着种种岁月的痕迹。

现代的勺子有许多精美的制品，我问母亲为什么还用葫芦瓢子，她淡淡地说："只是用习惯了，用别的勺子都不顺手。"可是在我而言，却有许多感触。我们过去的农村生活早就改变了面貌，但是在人们心中，自然所产生的果实总是最可珍惜，一把小小的葫芦瓢子似乎代表了一种心情——社会再进化，人心中珍藏的岁月总不会完全消失。

我回家的时候，喜欢舀一瓢水，细细看着手中的葫芦瓢子，它在时间中老去了，表皮也有着裂痕，但我们的记忆像那瓢子里的清水，永远晶明清澈，凉人肺腑。那时候我知道，母亲保有的葫芦瓢子也自有天地日月，不是一勺就能说尽，我用那把葫芦瓢子时也几乎贴近了母亲的心情，看到她的爱以及我二十多年成长岁月中母亲的艰辛。

思想的天鹅

有时候我在想，人的思想究竟是像什么呢？有没有一种具体形象的事物可以来形容我们的思想？

偶尔，我觉得思想像彩色的蝴蝶，在盛开的花园中采蜜，但不取其味，不损色香；而这蝴蝶不能在我们预设的花园中飞翔，它随风翻转，停在一些我们不能考察的花丛中，甚至让我们觉得，那蝴蝶停下来时有如一枝花。

偶尔，我觉得思想犹如海洋，广大与深度都不可探测，在它涌动的时候，或者平缓如波浪，或者飞溅如海啸，或者反映蓝天与星光。只是，思想在某些时候会有莫名的力量，那像是鱼汛或暖流、黑潮从不知的北方来到，那可能就是被称为“灵感”的东西。

偶尔，我觉得思想像是《诗经》中说的“鸢飞戾天，鱼跃于渊”的鸢或是鱼，上及飞鸟下至渊鱼，无不充满了生命力，无不欢欣悦怡、德教明察。鸢鸟的眼睛是最锐利的，可以在一千公尺[①]以上的高空，看见茂盛草原奔跑的一只小鼠；鱼的眼睛则永远不闭，那是由于海中充满凶险，要随时改变位置。

不过，蝴蝶的翅力太弱，生命也太短暂；而海洋则过于博大，不能主宰；鸢呢？鸢太过强猛，欠缺温柔的性质；鱼则过于惊慌，因本能而生活。

思想如果愿意给一个形象，我愿自己的思想像天鹅一样。天鹅的古名叫鹄，是吉祥的鸟，是“燕雀安知鸿鹄之志”中的那种两翼张开有六尺长的大鸟。它生长于酷寒的北方，能顺着一定的轨迹，越过高山大河到达南方的温暖之地。它既善于飞翔，非白即黑；

---

① 1 公尺 =1 米。

又能安于环境，不至过分执着……天鹅有许多好的品性，它的耐力、毅力与气质，都是令人倾倒的，芭蕾舞剧《天鹅湖》中，对情感至死不渝的天鹅，不知道有多少人为之动容。

我愿意自己的思想浩大如天鹅之越过长空，在动荡迁徙的道路上，不失去温和与优雅的气质。更要紧的是，天鹅是易于驯养的，使我不至于被思想牵动，而能主引自己的思想，让它在水草丰美的湖滨自在优游。

据说，驯养天鹅有两个方法。一个是把天鹅的一边翅膀修剪，使它失去平衡不能起飞，它就会安住于湖边。另一个方法是，把天鹅养在一个较小的池塘里，由于天鹅的起飞，必须先在水中奔跑一段路途，才能凌空而去，若池塘太小，它奔跑的路程太短就不能起飞了。从前，欧洲的动物园用前一个方法驯养天鹅，后来觉得残忍，并且展翅的时候丑陋，现在都用后面的方法。

驯养思想的天鹅似乎不必如此，而是确立一个水草丰美的湖泊作为天鹅的家乡，让它既保有平衡的双翼（智慧与悲悯），也让它有广大的湖泊（清白的自性），然后就放心地让它展翅翱翔吧！只要我们知道天鹅是季候之鸟，即使它飞到万里之外，它在心灵中永远不会忘记自己的家乡。经过数万里时空，在千万劫里流浪，有一天，它就会飞回它的家乡。

传说从前科举时间，凡是到京城应试的士子都要穿“鹄袍”，译成白话就是要穿“天鹅服”，执事的人只要看见穿白袍的人就会肃然起敬。因为那些穿着白衣的年轻孩子，将来会有许多位至公卿，是不可轻视的。佛教把居士称为“白衣”，称为“素”，也是这个意思。思想的天鹅也像是身穿白袍的士子，纯洁、青春、充满了对未来的热望，在起飞的那一刻不能轻视，因为它会万里翱翔，主宰人的一生。

在我的清明之湖泊，有一只时常起飞的天鹅。我看它凌空而去，用敏锐的眼睛看着世界，心里充满对生命探索的无限热忱。我让那只天鹅起飞，心里一点不操心，因为我知道，天鹅有一个家乡，它的远途旅行只是偶然的栖息，它总会飞回来，并以一种优雅温柔的姿势，在湖中降落。

锦鲤的价值观

有一次，我经过一间鱼店，鱼店的门口摆着两缸锦鲤，其中一缸每条标价五块钱，另一缸的却要六十块。我站在旁边看了半天，想要研究它们的价钱到底差在哪里，可是看了半天却看不出个所以然，于是我便问店老板，他说："六十块钱的这缸鱼比较漂亮。"我问他要如何分辨，他说要分辨锦鲤漂不漂亮，有几个方法：第一，它的颜色愈光滑、愈纯净越好。第二，如果它的颜色是混杂的，那么要混得柔和、明确、和谐。第三，它的身体比例要很适当。而那些五块钱的鱼就是生下来颜色不对，或者尾巴太大、眼睛太凸出。

我告诉老板，五块钱的看起来并不输给六十块的，并问他到底如何决定这些鱼的身价，他说，完全靠他的经验来判断，如果有条鱼的头上正好长着一个梅花形的印记，那么价钱就更贵了。可以说这些锦鲤一生下来，就被决定了价钱和命运。

那时，我还没有学佛，于是便请老板随便捞了几条五块钱的锦锂，带回家去养。结果，我发现我养的那些锦鲤都很特别，有一条的眼睛一边黑一边白，还有一条前半身是黑的，后半身是红的，有的尾巴长得比身体还大，每一条都是奇形怪状。那时，我有一个朋友很喜欢养锦鲤，不过他买的都是几百块一条的。有天晚上，他到我家，看到我养的那一缸鱼，大为吃惊，他大叫着："这么漂亮的锦鲤到底从哪里弄来的？"我问他是不是真的认为这些鱼很漂亮，他肯定地说："我养了好几年的鱼，从来没有看过这么漂亮的锦鲤。"于是我便唬他说，自从后现代主义流行后，现在欣赏锦鲤的方法已经改变了，要判断锦鲤是否漂亮，首先要看它的颜色是否很特别，其次，它的结构是否特出，就像变体邮票一定比普通邮票贵的道理一样。结果，他似乎恍然大悟，到了深夜仍然不肯离去，一直坐在我的鱼缸前面，末了，忍不住迸出一句话说："林清玄，你这些锦鲤可不可以让给我？"我问他要出多少钱，他要我开价钱，于是我便以每条一百块钱卖给他，他高兴地将我全部的锦鲤都买回家，而且每次碰到朋友，就说现在欣赏锦鲤的方法已经改变了。

这件事情让我悟及到人活在这个世界上，并没有一个固定的价值判断，价值的判断通常只是由习惯经验所累积下来，每个人都认为中国小姐身高要一百七十公分以上才漂亮，所以只有一百六十分高，去选中国小姐就令人觉得很自卑。

当价值观全部操控在别人的手上，生活就会变得很悲哀，我们是不是能有自己的价值观、决定自己的价值，这一点非常重要。这段时间，我开始反省一些人生的问题，尤其是"宿命"这个问题令我觉得人生难以解脱，譬如我们生下来长得什么样子，有什么样的家庭背景或兄弟姊妹，都早就注定了。那么，解脱“宿命”的道路在哪里呢？于是我开始寻找这条道路，并对神秘学产生浓厚的兴趣，研究起算命、紫微斗数、奇门遁甲等，也认识许多通灵人，希望能找到脱开人生宿命的道路，自己可以成为命运的主人，不过，悲哀的是，我却发现人无法自己做主，即使自称通灵者，也无法解决宿命的问题。

譬如有一位女性通灵人，有一天打电话给我说：“林清玄，我的丈夫跑掉了，我该怎么办？”我听了愣住了，告诉她：“你不是通灵吗？派你的灵去把他抓回来啊。”还有一个通灵人，每天写六千多字的文章，因为他的灵告诉他，只要持之以恒，有一天他可以得到诺贝尔文学奖。我对他说：“这个世界上也有神灵做不到的事啊！”有一次，我问了一个通灵人关于我家乡高雄的事情，结果他说他的灵只能到达台南，到了高雄就越不过界了。所以，即使是自认通灵者，也是有限制的。

在那段时间，我几乎逢庙就拜，有一次在屏东，我和几个朋友到庙里去抽签，我大声说："抽签都是不准的，没什么用！"等他们抽完后，我也去抽，结果签诗的第一句是："神明之前莫戏言。"我看了吓了一跳，赶紧虔诚地再抽一支，这一次抽到的是下下签，当时我非常生气，走出庙后，便将签诗丢到香炉去。心想我为什么会抽到下下签，是不是我抱着游戏的心情？我也思及在人生路上，有时候我们会碰到悲惨的遭遇，这种感觉就像抽到下下签一样，万万没想到这种悲哀的事会落到我们身上，想来，人生每天要抽到一张中等签，似乎是很困难，这种困难引起我很大的挫折。

一往情深的屐痕泪痕
——梁丹丰游画天涯

／ 摄氏五十七度到零下二十八度／

有一幅画，它是那样简单几笔，苍灰银白的大地上，几株银树，一间小屋，大雪覆盖了整个画面，而天空呢？竟是雪花凝结成的芒状印痕，这时候，我们真正体会到艺术与造化间的冥合了。

这是梁丹丰在北极写生的作品，她那时每一抹沾水的画笔，在画纸上结冻成串串冰花，这些冰痕都是叫人心折的，在冰痕之后，在天寒地冻之中，在零下二十八摄氏度的气温里，却有一腔热血在其中源源翻滚。

还有另一幅更简单的画，远方是几笔淡蓝的远山，蓝山上一轮金黄的太阳放射万道金光，晚霞的颜色幻变着，近野是一大片广大无垠的沙漠。就在山与黄沙的交界之处，三匹极小的骆驼正埋首赶路。画面上我们感知炙热的阳光跃动纸上，这是梁丹丰在约旦沙漠上写落日。

同样的，在黄沙、山脉与骄阳之中，在摄氏五十七度的高温里，我们也看到了画家对大地诚挚的爱。

从这两张小画，我们已看见了梁丹丰对景物的观照，以及她作画的态度，一在酷寒的冰天雪地，一在炙热的黄沙落日，一呵手取暖，一挥帕拭汗，画笔一样灵转游动，非有巧手灵心不能得致。

打自一九七四年开始，梁丹丰就经常一身旗袍，一件行李，只身走天涯，不论走到哪里，她总是笔不停挥，以一个中国艺术家独特的眼光来审视来捕捉她所见到的景物，她走过愈多的地方愈以自己是一个中国人骄傲，她觉得她之所以能踏着坚定的大步向前，能无畏于冰花与骄阳的蚀袭，是根源于中国文化的无穷博大、忍苦耐艰，经过长期的孤独之旅，梁丹丰说："每当得到外国朋友满堂彩声时，我就觉得很孤单，这些荣耀不应是我的，他们所心服的是中国的艺术，而非梁丹丰，梁丹丰只是一座桥梁，向外国朋友伸出一双手，希望他们能跨进中国的文化和艺术之中。"

梁丹丰的人和她的画一样，她总是那样悠然、安详、充满了信心，当她娓娓诉说着天涯之旅时，是那样雅致地吸引我们，好像我们听着悠远的古筝琤琮，一下子把我们带引到一片无边的迢迢的美丽世界，仿佛走进了一座繁花盛开的花园，所有的端庄纯净都熔铸在其中了。

／ 一瞬与永恒的交叉点／

一九七五年，梁丹丰在德国。

那一年老子的道德经被西方学者选为世界十大奇

书的第一本，在欧洲造成极大的轰动，梁丹丰成为德国人询问道德经的人，许多德国人拿着德文的道德经和易经阅读，懂英文的人将它翻成英文，请梁丹丰写出中文的原文，梁丹丰说："很惭愧，我翻不出来。"

她向外国朋友解释中华文化的浩瀚博大，她说，老子的道德经言简意赅，含蕴了无穷的深意和中国画中留白的意境相同，在简单的画面中表现了丰富的含义，使留白的地方不觉得"空"。

一九七五年，梁丹丰在英国伦敦，她随身携带了一张弥勒佛的画像，每次开画展时就向欧洲人说明"弥勒佛"在中国的意义，说那是代表了中国人随遇而安、乐天知命，心中常保喜乐的精神，说那是中国的"快乐佛"。

有一位英国人很为"快乐佛"的意义所感动，向梁丹丰索购，她答应回台湾后邮寄给英国人，梁丹丰后来把弥勒佛寄到英国，没想到却在中途遗失了，英国人特地到台湾来请她再画一幅，梁丹丰再度游欧时，亲手将那幅画送给英国人，使在旁观看的人都感动得说不出话来。

中国文化在此，不只表现在弥勒佛上，而是表现在梁丹丰的热诚。

一九七八年，梁丹丰应邀到约旦王国访问二十几天，有一次，她搭着长途的巴士到沙漠中去作画，由于天气炎热，她便在车中沉沉地睡去了。

睡梦中，她仿佛听到古筝奏成的一曲“春江花月夜”在车中流荡，飘过来又飘过去。

“我赶紧揉揉眼睛清醒过来，问同车的人音乐是哪里来的，大家都对我摇摇头，我又兴奋又着急地在车内寻找着，终于发现是司机先生的收音机里播放出来的，古筝的声音那么轻柔悠扬，使我竟忍不住掉下泪来，泣不成声。”

此刻，故国的怀思在长途的孤旅与压抑中散扬开来了。

五年来长途的孤独之旅，都是在一连串感人的事件中贯穿起来的，这些事件单独看起来都是一刹那的事，整体看，却有一种永恒的意义，它代表了人性与有情，梁丹丰所追求的，应该也不是长途旅行的快慰，而是对绘画、对文化长恒虔敬的热爱。

她说："我永远站在一瞬与永恒的交叉点。"一瞬，是她像过客一样在天滨海涯留下了短暂的足迹；永恒，是她总是不停挥动画笔，将所思所见捕捉在画布之中。她站在这个交叉点上，因此，她的路途是没有止境的。

／ 我不是活的传统／

有一次梁丹丰在维也纳开画展，维也纳一家报纸刊出了她的访问记，标题赫然称她是"活的传统"。

梁丹丰说："我不是活的传统，我只是在伟大的中华文化传统下做我应该做的事，我们中国有许多高水准的文化艺术，我的画在其中实在是太渺小了。"

她回忆起一九七四年首度欧洲游的情形，她那时在许多地方即席挥毫，很快地完成一幅画，欧洲人不明白中国画，把很快画成的画看成"草率"，把留了许多空白的画看成是“粗糙”。加上语言不通，梁丹丰又无法向他们解释这些，她心里又难过，又沮丧。

这一次失败的经验激使她苦学英文和法文，一九七五年再度游欧就有了辉煌的成绩。

“我每到一处画画，就先从磨墨谈起，告诉外国朋友墨是怎么磨的，磨墨的本身就是一种很高深的艺术，中国画家画前先磨墨是一种定心的功夫，边磨边思考，构思一幅画的画面与主题，到用笔时已经成竹在胸了。

“接下来，我向他们讲用笔，我在大拇指和食指中握一个生鸡蛋，把小臂抬平，臂上放着砚台，开始悬腕画画。我要让他们知道中国画中悬腕的奥妙，非有几年功夫不行。到真正绘画时一笔就是一笔，又与油画中的涂涂改改完全不同。

“然后我就向他们讲画意，讲梅花是代表意志，竹子是代表气节，兰花是代表君子，山水是代表什么意境，让他们知道国画除了画面之外，还有许多其他的意思，并且让他们知道中国人几千年来从生活文化表现在艺术的意义。”

大部分的外国人知道国画的不易都会为之折服，如果还有人不相信国画之难，梁丹丰就请他们上台画几笔——这些人很多是受过艺术训练的——他们有的打破了鸡蛋，有的弄翻了砚台，有的毛笔一碰到宣纸就一团糟，然后他们才知道了中国绘画艺术中高妙的地方。

一九七六年梁丹丰曾应邀在美国圣若望大学教了两学期的国画，她也是用苦功的方法教学生，并且还要学生知道中国绘画虽然经过数千年的传袭与洗练，它还是活生生的传统，许多人在其中汲取养料来创新，梁丹丰只是其中之一，还有许多优秀的中国画家是从其中涵泳出来的。

／ 不断的自我突破／

梁丹丰已经过了很长的绘画路途，在绘画中她也曾不断追求，不断寻找自我的突破。她生长在一个绘画世家，父亲是名画家梁中铭，她自小就受到父亲的熏陶，对色彩有强烈的感觉，也早就奠定了绘画的根基，尤其对国画中的娴雅悠逸更是喜爱。

但是对国画的认识与再肯定，即要追溯到她的大学时代。她说：

“二十几年前，正是西方抽象绘画风潮吹袭到台湾最强烈的时候，大部分有才气的画家都看不起国画，希望在抽象画中寻找突破的道路，当时的‘五月画会’就是一个很好的例子。”

在这种风潮下，梁丹丰曾有过一番强大的心理挣扎，差一点动摇了国画的信心，可是她发现一个重要的事实，就是真正的抽象画在当时缺乏桥梁的引介，一般大众都无法接受，甚至引不起共鸣，画家开画展的时候老是要解释自己的画。她认为，绘画本身就是语言，就有说明性，国画，是一个人人能懂的语言，她最后还是走到国画的路子上来了。

“我个人的选择并不表示我否定抽象画的价值，相反的，画优秀的抽象画需要有大的才气和深厚的根基。以现代绘画大师毕加索为例，有些无知的人说毕加索因为素描画不好，才画抽象画，但是只要我们到西班牙巴塞罗那的毕加索博物馆去看他的画，会发现他早期的素描好得无以复加。我想，就因为他素描太好了，才希望自其中寻求突破，在不断的突破中建立了现代画大师的典范。”

几度的环球之旅，梁丹丰观察了许多西方大师的作品，她表示，我们平常以东方绘画角度看西方绘画常只看到缺点，反之亦然，其实每种文化都会自然产生它独有的绘画，脱离了文化，绘画就没有独存的意义了。我们可以自西方绘画中吸取长处，但并不能以西画的角度来否定中国画。

她说：“中国绘画最重要的是‘象随心转’，画面所表现的虽是象，但是每一抹笔墨则都是画家的心灵表现。所以，同是画一株兰花，每个人的手笔都不一样，都有个人的风格，而同一个人在不同时候画同一株兰，也会画出不同的兰来。”

这种对国画的态度，使梁丹丰不愿对最近呼声甚亮的“现代中国画”置一辞，她认为一幅画表现了画家的本质、思想、行为与意识形态，只要它的精神是现代的，就可以有“现代中国画”。

她说：“我的画，画的虽是外国，是英国的笔与水彩，是美国的纸，画面人物也是外国人，可是国外的人一看就知道是中国人画的，因此我不想谈所谓现代中国画，我只希望能用西方绘画的长处捕捉中国艺术的精神，追求不断的自我突破。”

／画出中国人心目中的土耳其／

梁丹丰最近画了许多土耳其的写生作品，此刻正在国立历史博物馆展出。

这一百五十幅作品是去年十一月，梁丹丰应土耳其文化部与观光部邀请前往写生两个月的成果。

从画中，我们可以看到神秘的天方夜谭土耳其美丽的面目。梁丹丰访土期间，曾到达地中海、黑海、爱琴海沿岸，中部奇石区，石器时代村落遗址，希太古城遗迹，幼发拉底河上游，巴比伦古城等地，都有生动的描绘。

尤其是希太古城出土的遗物，梁丹丰会认真仔细地加以研究整理，那些神秘的色彩和造型，帮助我们从人类文明中寻找根源——希太文化到今天已经有一万年以上的历史了。

梁丹丰说："我希望能画出中国人心目中的土耳其。"

这些土耳其的画，和梁丹丰其他的画一样虽只有淡淡几笔，却同样隐含了不寻常的辛苦。她最近刻了两方石印，一是"一往情深"，一是"屐痕泪痕"，很能表现她走过千山万水的心情，对绘画，对人类友谊的一往情深支撑着梁丹丰，使她旅行写生中虽印满了屐痕泪痕，也能一往直前，坦然无悔。

走在无垠无穷的时空之中，画面表现了无限的空间，梁丹丰说出了她万里归来的感触："我很骄傲做一个中国人。"

箫鼓声中老客星

——蔡龙溪的皮影生涯

／ 十年旧事茫茫／

蔡龙溪坐在家前的木头圆凳上啪嗒啪嗒地抽烟斗，九十岁的老人了还显得神采奕奕，他身上穿着厚重的棉衣却使他有点不胜负荷的样子。

那时候夕阳慢慢沉落了，斜斜的光线照耀他长满老人斑的面容，竟造成许多感人而可惊的层次，他脸带微笑，与我们谈起他历时七十六年的皮影生涯。

“我十四岁的时候，因为家境贫困几乎到了无以维生的地步，便出来跟皮影戏团了，我又没有读什么书，跟师父有样看样学打锣。这个锣啊！一打就打了两年啰！”

蔡龙溪的少年时代是讲究“慢工出细活”的时代，师父教徒弟的用心，手艺好像倒在其次，主要的是先要磨磨徒弟的心性。因此，师父教他打锣呛呛呛呛呛呛呛，他便跟着呛呛呛呛呛呛呛，一点也不敢违拗。蔡龙溪说：“就这样跟着师父呛了两年，才算是打锣出师。可是会呛了，师父便叫我学打鼓，这个鼓啊，一打也打了两年。”

两年锣、两年鼓，接下来是两年学拉胡琴，师父觉得蔡龙溪的根底差不多了，才肯教他到台前演主戏，主戏也是和师父搭配了三年多，才能独撑大梁。屈指算来，蔡龙溪为了要上台演皮影戏，光学习就几乎耗去将近十年的时间，怪不得他思想起那一段老岁月要忍不住咒起来：“干伊娘，现在有哪一位少年肯花十年学皮影戏呢？”

十年的学徒生涯，使得蔡龙溪的一生注定不能脱离皮影戏。他在戏台上掌戏尪仔做主演也匆匆六十六年了。这么长久的时间使蔡龙溪和皮影戏生出深厚的感情，也使他活到九十岁还有一个遗憾：

“干伊娘！传不下去了！”

／ 不要动我的尪仔／

蔡龙溪最后演的一场皮影戏是我去访问他的前几天，他应邀在弥陀乡大圣庙前演了一场戏，也是他告别皮影生涯的一场戏。

“我今年九十岁了，我很想再演下去，可是耳朵重，讲话听不清，才决定从今以后不演了。”

蔡龙溪不演皮影戏，对本省已经面临没落的皮影戏又增添了悲凉的一页，他在七十四年的演出时间中一共收教了九个徒弟，可是徒弟们没有像他长寿，已经有八个去世，仅存的一个也改行做房地产生意了。

这九个徒弟没有留下任何皮影戏的传人，如果以中国人“多子多孙多福寿”的标准来看蔡龙溪，他皮影戏的子孙没有留下一个，那样的晚境如何能不凄凉呢？

为了使皮影戏留传下来，蔡龙溪曾苦心积虑地培养他亲生的儿子来继承，他以前演皮影戏就是带着最年幼的儿子跟戏，一点一滴地教他打锣打鼓，教他拉胡琴学唱腔，经过几年的调教，他的儿子学了一套本事，可以独撑场面地演皮影戏，蔡老先生曾因此高兴了好长的一段时间。但是好景不长，他儿子到三十岁时就说什么也不肯上戏台了，宁可拿了钱去开辟一片渔场。

蔡龙溪谈到这一段往事，一连咒了好几句“干伊娘”的口头禅。虽然对他的儿子又恨又爱，他说：“我知道饲鱼好赚，可是我们不能对不起‘田都元帅’（皮影戏供奉的神）呀！我苦苦向他说：‘我们钱少赚没有什么关系，一定要留住这个行业。’我儿子说：‘阿爸！你不要害我，皮影戏没前途了，您演一世的戏又得到什么？’”

说到这里，蔡龙溪长长地叹了一口气：“我演一世人得到什么？还不是养大了一个憨儿子，不能守我的家业。”

他谈到不能传皮影戏，显得十分激动，两腿盘坐在凳子上，猛烈地抽烟。我向他说能不能看看他保存的皮影戏尪仔，又惹来他一肚子牢骚：“一些老戏尪仔都被阿朵仔（美国人）买光了，只剩下现代的啰！阿朵仔花几千元买一个尪仔，不知道他们到底要干什么？”

我央求了很久，他才从黝黯的卧室中叫我搬出两个大铁皮箱子到庭前，然后小心翼翼解开绑在箱子上的粗大麻绳，慢慢把箱中的宝物一件件拿出来，里面有锣鼓、胡琴、喇叭，还有数百身的皮影戏尪仔，制作得十分精美，都是蔡龙溪亲手刻出来的。我看到那么多有趣的东西，忍不住要伸手去拿，蔡龙溪老先生突然大声呵斥起来：“不要动我的尪仔！”

一时使我怔在当地，然后他不好意思地笑起来，说他怕被弄乱了，我说：“您不是不演了吗？”他长长地叹了一口气。

蔡龙溪随后一件一件取出为我说明，谈到皮影人物的造型、颜色及种种，言语间透露出无限深情，最使我震撼的却是他那一句："不要动我的尪仔！"那里面不用说明，就已经把他和皮影戏的感情说明清楚了，七十余年的形影相随，无生命的戏尪仔也成为有生命了。

／ 皮影戏是我的辉煌／

当我们把铁皮箱子里的宝贝都一一看过后，我发现在箱子最底部的角落中静静躺着一盏油灯，问起缘由，蔡龙溪说："这是我年轻时代演出用的油灯，已经有六十年不用了。"说着，说着，他提起油灯的耳，叫我看那一盏因长期燃烧而熏黑的灯身，格外叫人感觉古旧中有温馨。

"最早时，演皮影戏是用油灯，在幕后把戏尪仔投射在幕上，虽然没有现在这么清楚，确实是比较有趣，后来发明了电土（电石灯），又改进了一些，现在是用四个二百五十烛光的电灯，比起古早当然是进步多了，但是这一盏是我年轻时用来讨生活的，舍不得丢弃。"

在蔡龙溪的皮影生涯中，并不是一开始就是暗淡的，日据时代对地方戏剧固然有重重限制，由于百姓对日人的抗拒，偏爱戏中的忠孝节义，使得皮影得以维持不衰。光复以后，因为有无数人于日剧时代曾许过“如果台湾能光复，就请一台戏感谢神明”的愿，所以皮影戏和其他地方戏一样，都曾大大的兴盛。蔡龙溪在这一段时间带着他的戏箱子跑遍了全省各地。

近几年来，受到经济形态转变的影响，电视、电影、广播相继打进乡间，地方戏剧不再是人们的主要娱乐，便免不了日渐寥落。尤其是皮影戏，它一直维持着原有的形貌，用潮州口音唱曲，按照历史原原本本地演出，年纪较轻的人已经很难看懂，看懂的老年人又相继去世，原来和歌仔戏、布袋戏鼎足而三的皮影戏因此更难存续了。

蔡龙溪的晚年并没有因皮影戏的没落而凄凉，由于他是台湾皮影戏史的活见证，有一阵曾成为许多研究皮影戏的学者重要的被访者，他会应邀在东南亚各地演出，甚至远至美国、法国、意大利、荷兰各国演出皮影戏，造成轰动，我们从蔡龙溪，确实可以想象他在国外演出时的神采飞扬。

近几年，还不断地有外国的学者来访问他，把他的皮影戏拍成电影作为资料，蔡龙溪谈到这些往事也不禁自豪："我的皮影戏都被美国、法国拍成电影收藏。"他的这段话却引起我的心伤，对于整理皮影戏，我们到底做了些什么，为何要让外国人来记录呢？

光就蔡龙溪的皮影戏生涯，我们自然能感知他辉煌的一面，他也说过："皮影戏是我的辉煌"，但是从整个皮影戏的发展观察，它的前途是堪虑的，也许正像蔡龙溪手上拿的那一盏油灯，总要被其他新的东西取代了。

／ 且让记忆沉埋／

去看蔡老先生那一天，本来是带着欢愉的心情，谈了一下午，心情反而沉重起来，尤其是看到为皮影戏辛勤奔波一生的人，到老，竟只能守着两只沉重的戏箱，每日与斜阳相对，他前面的皮影艺人已经无存，后面又没有承继的人，虽是叱咤一世，午夜梦回之际，恐怕也要黯然吧！

自然，蔡老先生也和我提到日后皮影戏的前途，我们都非常悲观，因为到今天二十岁以下的年轻人已经大多不知道皮影戏是什么，遑论以后了。即使是中年人也是一知半解，只能欣赏戏尪仔在台上生动的表演，更深刻的剧情和唱曲也少有欣赏的人了。

面对这种一日坏过一日的景况，我听到蔡龙溪讲他的一生，无端地想起："绮罗堆里埋神剑，箫鼓声中老客星"两句诗来，也想起他拿的那盏熏黑的油灯，仿佛自年轻照映他到老年，连油灯也免不了有些苍老黯然的影子。

蔡龙溪的耳朵很重，我和他谈天全是大声吼叫，声音几乎要哑了，回程时，我看到静静躺在道旁的一辆破牛车，车轮已被拿走。这两种景象叫我思及——如果我们的社会对地方戏剧已经患了重听，谁来大声疾吼呢？如果我们的地方戏已经是一辆破旧失了轮的牛车，谁来安装车轮让它继续前进呢？

或者，我们愿意让皮影戏像记忆深埋，数十年后也如蔡龙溪回忆那一点点昔日的辉煌？

纸伞生涯四十年

——林享麟的纸伞工艺

油纸伞的岁月伴随着童年的雨天，越来离我们越远了，而民间生活表现最美的具象——油纸伞，也如同一朵凋零的水荷花，慢慢地沉落，沉落，最后只剩下一枝枯了的绿杆，在野风里轻轻地摇摆。

把粗重精细的油纸伞扛在肩上的乐趣恐怕再也不会有了。

一听说在高雄县美浓镇还有一位仅存的油纸伞师傅，我便忍不住去看他，自己也说不出理由，或许只是一种童年的怀念吧。车子进了美浓，便是一番特殊的景致了，烟田连绵到远方去，老屋子和烟苗交织在街道两旁，偶尔还会走出来一两位穿老式中国服的妇人。路过东门桥，一位妇人在溪中浣衣，几声捣衣伴着弯腰的背影，在夏日午后显得特别宁静。

美浓是南部现代化比较慢的乡镇，也因此，它幸运地保存了一种别地方看不到的朴质色彩，历经这二十年来台湾现代化过程的人，走进美浓，便仿佛找回了自己童年生活的环境，一种农村社会中特有的亲切与氛围。

穿过许多曲曲折折的巷道，我们走进一个叫“双桂第”的大庭院，它还保存了完整的三合院式建筑，多少含带了互助的传统精神。从“双桂第”旁的小巷一路往内走，便是林享麟居住的砖房了。

我说明了来意，林享麟热情又害羞地请我坐下，并且拿出许多报章杂志报道他的篇幅给我看，“其实，做纸伞并没有什么，为什么大家把它看得这么重要？”

我告诉他，这不是纸伞不纸伞的问题，而是纸伞代表了一种民间工艺的精神，这种精神发展到高峰就是一个艺术品了；再加上油纸伞是农业社会特有的产物，虽然大家享受了工业化带来的进步，多少还是怀念农业社会安详的情调，油纸伞又正好是这种情调的象征。

林享麟去学油纸伞并不是自己的兴趣，他小时候正当日本人的统治，生活过得非常艰苦，虽然家里有一些田产，也难以为生。他父亲便叫他去学技艺，多少担负一点家里的苦难。

林享麟在父命下，带着客家人特有的刁劳忍苦去拜师学艺，他几乎是没有什么选择的，便进入当时美浓最大最好的“广珍制伞厂”学做油纸伞了。

大凡是民间的工艺师傅，都体会过当学徒的苦楚，林享麟也不例外，何况他不只有一个师父，他有四个师父。通常，学纸伞只要两年的时间就可以“出师”，林享麟却学了五年才出师。

“纸伞有四个大部分：制伞骨、糊纸、上油、造伞头，只要学会一项就出师了，就可以投进制伞生产的行列。”因为那时的纸伞厂已经有企业经营的观念了，一把纸伞通常要经过三四个师傅的手才能完成。

林享麟看到他的师父们，虽然在他们专行的一项做得神乎其技相当出色，却没有一个师父能从头到尾把一把纸伞做成，这时他已暗下决心，要以一人之力学会制伞的整个过程。

“那时我的师兄弟学会了一项，便不再学，白天在伞厂工作，晚上就和师父们赌博和花天酒地。”而林享麟却在这个师父学会了后，到另一个师父手下去学，这种情形自然被当成笑柄，也吃了不少苦头。

由于林享麟的老实、忠厚、随和、乐于助人——这一点在他现在老了还看得出来——师父们都乐意把几十年的绝学传授给他，缩短了他在纸伞学习过程的长途跋涉，本来要八年学成的全部技艺，他在第五年时已经熟练无比了。

“这时候，我才认为自己是出师了。”林享麟谈起他年轻时的艰苦奋斗，不禁面露欣悦之色。

不雨花犹落，无风絮自飞

天地有大美而不言，四时有明法而不议，万物有成理而不说。草木有本心，万物皆序。惊艳在盛放，也唯美在凋零。

谛听那潮声

有时候在黄昏的海边，看海鸥以优雅闲淡的姿势飞过，很容易忘记它们飞行是为了觅食，因为在我们的想象里，觅食是一种紧张的行为，应该是匆忙而混乱的。

静静看海鸥划过晚霞，我感觉它们像我们一样，是来欣赏日落的，或者是以一种澄明贞静的心态谛听海潮的声音，让浪一波一波地冲刷心的礁石。

当看到海鸥敛翅，用极快的速度飞身入海，然后从海中捞起一条鱼时，我惊得呆了。原来，它不只听潮，还在觅食，随时得留意海面的动静。但它谋生的动作并未降低我对优雅的估价，反而深刻地启示了我。

我们不可避免地要去求生，有时甚至要下海。不过，我们在紧张匆忙的生活里，可以让自己有较优雅的姿势，或者在为生活盘桓时，还可以谛听远方与心灵的潮声。

秋天的心

我喜欢《唐子西语录》中的两句诗：山僧不解数甲子，一叶落知天下秋。这是说山上的和尚不知道如何计算甲子日历，只知道观察自然，看到一片树叶落下就知道天下都已是秋天了。从前读贾岛的诗，有“秋风吹渭水，落叶满长安”之句，对秋天萧瑟的景象颇有感触，但说到气派悠闲，就不如“一叶落知天下秋”了。

现代都市人正好相反，可以说是“落叶满天不知秋，世人只会数甲子”。对现代人而言，时间观念只剩下日历，有时日历犹不足以形容，而是只剩下钟表了，谁会去管是什么日子呢？三百多年前，当汉人到台湾来垦殖移民的时候，发现台湾的平埔族山胞非但没有日历，甚至没有年岁，不能分辩四时，而是以山上的刺桐花开为一年，过着逍遥自在的生活。初到的汉人想当然地感慨其“文化”落后，逐渐同化了平埔族。到今天，平埔族快要成为历史名词，他们有了年岁，知道四时，可是平埔族后裔有很多已经不知道什么是刺桐花了。

对岁月的感知变化由立体到平面可以如此迅速，怎不让人兴叹？以现代人为例，在农业社会还深刻知道天气、岁时、植物、种作等等变化是和人密切结合的。但是，商业形态改变了我们，春天是朝九晚五，冬天也是朝九晚五；晴天和雨天已经没有任何差别了。这虽使人离开了“看天吃饭”的阴影，却也多少让人失去了感时忧国的情怀和胸怀天下的襟抱了。

记得住在乡下的时候，大厅墙壁上总挂着一册农民历，大人要办事，大至播种耕耘、搬家嫁娶，小至安床沐浴、立券交易都会去看农民历。因此到了年尾，一本农民历差不多翻烂了，使我从小对农民历书就有一种特别亲切的感情。一直到现在，我还保持着看农民历的习惯，觉得读农民历是快乐的事，就看秋天吧，从立秋、处暑、白露到秋分、寒露、霜降，都是美极了，那清晨田野中白色的露珠，黄昏林园里清黄的落叶，不都是在说秋天吗？所以，虽然时光不再，我们都不应该失去农民那种在自然中安身立命的心情。

城市不是没有秋天，如果我们静下心来就会知道，本来从东南方吹来的风，现在转到北方了；早晚气候的寒凉，就如同北地里的霜降；早晨的旭日与黄昏的彩霞，都与春天时大有不同了。变化最大的是天空和云彩，在夏日明亮的天空，渐渐地加深蓝色的调子，云更高、更白，飘动的时候仿佛带着轻微的风。每天我走到阳台抬头看天空，知道这是真正的秋天，是童年田园记忆中的那个秋天，是平埔族刺桐花开的那个秋天，也是唐朝山僧在山上见到落叶的同一个秋天。

若能感知天下，能与落叶飞花同呼吸，能保有在自然中谦卑的心情，就是住在最热闹的城市。秋天也不会远去，如果眼里只有手表、金钱、工作，即使在路上被落叶击中，也见不到秋天的美。

秋天的美多少带点萧瑟之意，就像宋人吴文英写的词“何处合成愁，离人心上秋”，一般人认为秋天的心情会有些愁恼肃杀。其实，秋天是禾熟的季节，何尝没有清朗圆满的启示呢？

我也喜欢韦应物一首秋天的诗：今朝郡斋冷，忽念山中客。涧底束荆薪，归来煮白石。欲持一瓢酒，远慰风雨夕。落叶满空山，何处寻行迹。

在这风云滔滔的人世，就是秋天如此美丽清明的季节，要在空山的落叶中寻找朋友的足迹是多么困难！但是，即使在红砖道上，淹没在人潮车流之中，要找自己的足迹，更是艰辛呀！

一炷晚香

有时候我看到晚霞，总是出神地想，这晚霞是太阳在为大地晚祷时点燃的最后一炷香，那红红的火头随着飞散的烟四散飘去，凡所飘到之处，都有着金黄的美丽。

有时候我看到晚霞，总是出神地想，这晚霞是天空告别时伸出的掌纹，说再见时，一口气摇动了天空所有的颜色。然后天空就以一种忧伤的姿势，愈走愈远，终于在黑幕里远去，准备明天的表演。

有时候我看到晚霞，总是出神地想，这晚霞是海和山的恋人，希望在离开的时候，燃烧自己最后的美丽，想把一生的爱意在这刻里吐尽；海和山听到了，脸上都抹上黯然的颜色，准备度过夜晚的寒冷。

晚霞是这样的，我们心里有爱的时候，看见它璀璨的颜色，也听到它的歌声，闻到它燃烧的晚香；我们心中忧伤的时候，看到它流着哀痛的血，唱着绝望的挽歌，或者感觉它随时都会落下，压垮我们脆弱的心灵。

月光下的海

有谁会在最深沉的夜色里，坐在无明黑暗之一角，静静地看海呢？

有谁会在黑暗中看黑暗的海，遮在天空的乌云突然散去时，看天下的月光像电影的慢镜头一样，一点点、一片片地飘落到海面上呢？

那时，月光像极了一场洁白的雪，落在海上，飘着，闪着幽微之光，就不再溶化了。

月光落在海上后，我们就分不清到底是月的光或海的光了，因为海的自身也有光明，微微地透射出来。常常，海里来的光更能使我们感觉到实际的存在。

海反映月光到了深处，海的本身就有了光明；人如果向往光明，反映光明，到了心灵深处，自己就会发出光明的照耀。

石头上的路

海边的石头，没有一粒不美；有时，最富丽多姿的贝壳还比不上一粒海边的石头。

海边的石头通常有一些共同的质地，干净、纯粹、圆满、光润、坚固，以及带着无可测知的岁月之痕迹。这些好的品质，是因为累世的琢磨使坏的石头全部败坏粉碎了，只留下去除了一切杂质的好石头，保留其光明剔透的部分。

这种琢磨，使我可以一眼就辨认出来自海边的石头；也使我相信，不断的清洗磨炼可以使人走向更纯净的道路。

海边的巨石更令人感动，它躺着，让海水一波一波走过，甚至走出纵横交叉的路来，但不失好的本质。人也应该这样，在受到侵蚀时，应该清楚写下侵蚀的刻痕，不丧失人的庄严本质。

影的告白

从前没有镜子的时代，人们要看自己的容颜，只有到水边去。在水边，任何人的影子都是美的，使每个人的生活都充满了信心。有的人甚至迷恋自己的影子，投生成一朵媚惑的水仙。

每一个水边的影子都是从自我意象里开出的水仙，洗去了尘世的铅华，剥除了庸俗的外貌，只留下一些清纯无瑕的告白。我这样相信：就算是垃圾山的水中之影，也是美的，何况是青绿的山水呢？

山看到自己在水里的影子，每个清晨都有了青翠的信心；树看到自己在水里的影子，每个春天都开出喜悦的枝丫。

影子遂不是形象的传真，而是美丽的告白。

我们应该经常到水边去，看看自己的影子。知道在岁月里，每天的成功与失败只是心水之影，只是在提炼自己，往更美丽的方向去罢了。

风的文章

在金山海边不远的木麻黄树下，一个秋天有辉煌阳光的下午，我坐在地上看着天，天上的云；海，海上的浪。看着雀跃的鸟飞过背后，一转头，那鸟以极快的速度投入山上笼罩的烟岚中。这是我的眼睛所见。

我的耳朵听见的，是一波一波永无休止的海浪。海上有一种规律的呼吸，我试着深呼吸，发现一个人一呼一吸的长度正好与海浪一冲一退的时间相等，然后在呼气的时候，我就感觉海浪整个涌进我的胸臆。

我的身体感觉到的是，风从四面八方吹来，有时带着海的咸味，有时带着山的气息，有时带着阳光烘过的烤饼一般的香脆，在我的周边围绕。

那时候所有感觉到的美丽就是宁静。这种宁静，使人感觉到孤单地坐着，有时是一种难得的美丽与幸福。

其实，也不全然是孤单的，因为在那一刻，我知道自己是风的一个逗点、阳光的一个分号、山的一个引号、麻雀的一个破折号，以及海的一个惊叹号，是天地宇宙的一个句点或者开头。

明珠一颗

海岸上最宁静的是什么时刻？如果你这样问我，我会说："是太阳要从海上跃起之前。"

那时，整个海上，海面的雾、海上的潮、海中的鱼；整个山边，山间的露、山顶的烟岚、山里的鸟，全部都静默下来，期待着迎接最初的阳光。只有微微的风在流浪着，但风也是无声的。

每天的太阳升起，可以说是海岸的盛典，大家屏息静气地等着太阳，我也不敢大口呼吸。然后，云开始奔跑，鸟开始歌唱，鱼跳出水面，雾流动，浪拍岸，阳光如转轮一般，从海面跳跃出来，伸出亿万根手指，抚摸热烈期待它的大地与海，温柔、平等而无边。

我心里的一首诗随阳光跳出：“我有明珠一颗，久被尘劳关锁。一朝尘尽光生，照破山河万朵。”

海上初升的太阳，确实是和心一起跃动的，带给我们一些期待、温暖，还有光明的启示。如果一个人常看太阳自海面升起，有一天，心里的太阳一定会升起。

大之冷，冷之美

海不一定都是温柔而壮美的，阴天的海，就格外带着一点恐怖气氛。

我坐在狰狞的礁石上看海，这些礁石是海雕刻的杰作，处处都是鬼斧神工，并且每一件都是未完成的作品，罗列在海岸。海岸是最好的展览场，可惜观众十分稀少。

浓密的灰云遮住整个天空，阳光与蓝天没有一丝空隙，使得礁石如同没有灯光的雕刻品，一时黯淡得失去了生命。阴天的海面风特别大，特别冷，那海的样子更不必说了，使人连背脊都沁凉了起来。

如此大的冷包围了我们，使我们想起海上淹没的千万幽魂。海是无情而冷酷的，它以自己的大过日子，并不会考虑背上蜉蝣一样的船只；它往背上挥挥手，就会造成一些生命的悲剧。

无情放大，自有一种严肃的美；冷酷放大，也有一种无碍的美。只是，我们在面对无情与冷酷时，能不能严肃无碍地面对自己呢？

迷路的云

一片云朵自海那头飞起，缓缓从他头上飘过。他凝神注视，看那些云飞往山的凹口。

他感觉着海上风的流向，判断那群云必会穿过凹口，飞向另一海面夕阳悬挂的位置。

于是，像平常一样，他斜躺在维多利亚山的山腰，等待着云的流动；偶尔也侧过头看努力升上山的铁轨缆车，叽叽喳喳地向山顶上开去。每次如此坐看缆车他总是感动着，这是一座多么美丽而有声息的山，沿着山势盖满色泽高雅的别墅，站在高处看，整个香港九龙海岸全入眼底，可以看到海浪翻滚而起的浪花，远远的，那浪花有点像记忆里海岸的蒲公英，随风一四散，就找不到踪迹。

记不得什么时候开始爱这样看云，下班以后，他常信步走到维多利亚山车站买了票，孤单地坐在右侧窗口的最后一个位置，随车升高。缆车道上山势多变，不知道下一刻会有什么样的视野。有时视野平朗了，以为下一站可以看得更远，下一站却被一株大树挡住了，有时又遇到一座数十层高的大厦横挡视线，由于那样多变的趣味，他才觉得自己幽邈地存在，并且感到存在的那种腾空的快感。

他很少坐到山顶，因为不习惯在山顶上那座名叫“太平阁”的大楼里吵闹的人声。通常在山腰就下了车，找一处僻静的所在，能抬眼望山、能放眼看海，还能看云、看天空，看他居住了二十年的海岛，和小星星一样罗列在港九周边的小岛。

好天气的日子，可以远望到海边豪华的私人游艇靠岸，在港九渡轮的噗噗声中，仿佛能听到游艇上的人声与笑语。在近处，有时候英国富豪在宽大翠绿的庭院里大宴宾客，红粉与鬓影有如一谷蝴蝶在花园中飞舞，黑发的中国仆人端着鸡尾酒，穿黑色西服打黑色蝴蝶领结，忙碌穿梭找人送酒，在满谷有颜色的蝴蝶中，如黑夜的一只蛾，奔波地找着有灯的所在。

如果天阴，风吹得猛，他就抬头专注地看奔跑如海潮的云朵，一任思绪飞奔：云是夕阳与风的翅膀，云是闪着花蜜的白蛱蝶；云是秋天里白茶花的颜色，云是岁月里褪了颜色的衣袖；云是惆怅淡淡的影子，云是愈走愈遥远的橹声；云是……云有时候甚至是天空里写满的朵朵挽歌！

少年时候他就爱看云，那时候他家住在台湾新竹，冬天的风城，风速是很烈的，云比别的地方来得飞快，仿佛是赶着去赴远地的约会。放学的时候，他常捧着书坐在碧色的校园，看云看得痴了。那时他随父亲经过一长串逃难的岁月，惊魂甫定，连看云都会忧心起来，觉得年幼的自己是一朵平和的白云，由于强风的吹袭，竟自与别的云推挤求生，匆匆忙忙地跑着路，却又不知为何要那样奔跑。

更小的时候，他的家乡在杭州，但杭州几乎没有给他留下什么印象，只记得离开的前一天，母亲忙着为父亲缝着衣服的暗袋，以便装进一些金银细软，他坐在旁边，看母亲缝衣，本就沉默的母亲不知为何落了泪，他觉得无聊，就独自跑到院子中，呆呆看天空的云，记得那一日的云是黄黄的琥珀色，有些老，也有些冰凉。

是因为云的印象吧！他读完大学便急急想出国，他是家族留下的唯一男子！父亲本来不同意他的远行，后来也同意了，那时留学好像是青年的必经之路。

出国前夕，父亲在灯下对他说："你出国也好，可以顺便打听你母亲的消息。"然后父子俩红着眼互相对望，一句话也说不出口。

他看到父亲高大微偻的背影转出房间，自己支着双颊，感觉到泪珠滚烫迸出，流到下巴的时候却是凉了，冷冷地落在玻璃桌板上，四散流开。那一刻他才体会到父亲同意他出国的心情，原来还是惦记着留在杭州的母亲。父亲已不止一次忧伤地对他重复，离乡时曾向母亲允诺："我把那边安顿了就来接你。"他仿佛可以看见青年的父亲从船舱中，含泪注视着家乡在窗口里愈小愈远。他想，倚在窗口看浪的父亲，目光定是一朵一朵撞碎的浪花。那离开母亲的心情应是出国前夕与他面对时相同的情绪。

初到美国那几年，他确实想尽办法打听了母亲的消息，但印象并不明晰的故乡如同迷蒙的大海，完全得不到一点回音。他的学校在美国北部，每年冬季冰雪封冻，由于等待母亲的音讯，他觉得天气格外冷冽。他拿到学位那年夏天，在毕业典礼上看到各地赶来的同学家长，突然想到在新竹的父亲和在杭州的母亲，在晴碧的天空下，同学为他拍照时，险些冷得落下泪来，不知道为什么就绝望了与母亲重逢的念头。

也就在那一年，父亲遽然去世，他千里奔丧竟未能见到父亲的最后一面，只从父亲的遗物里找到了一帧母亲年轻时代的相片。那时的母亲长相秀美，挽梳着乌云光泽的发髻，穿一袭几乎及地的旗袍，有一种旧中国的美。他原想把那帧照片放进父亲的坟里，最后还是将它收进自己的行囊,作为对母亲的一种纪念。

他寻找母亲的念头，因那帧相片又复活了。

美国经济不景气的那几年，他像一朵流浪的云一再被风追赶着转换工作，并且经过了一次失败而苍凉的婚姻，母亲黑白旧照便成为他生命里唯一的慰藉。

他的美国妻子离开他时说：“你从小没有母亲，根本不知道怎么和女人相处；你们这一代的中国人，一直过着荒谬的生活，根本不知道怎样去过一个人最基本的生活。”这句话常随着母亲的照片在黑夜的孤单里鞭笞着他。

他决定来香港，实在是一个偶然的选择，公司在香港正好有缺，加上他对寻找母亲还有着梦一样的向往，最重要的原因是：如果他也算是有故乡的人，在香港，两个故乡离他都很近了。

“文革”以后，通过朋友寻找，联络到他老家的亲戚，才知道母亲早在五年前就去世了。朋友带出来的母亲遗物里，有一帧他从来未见过的，父亲青年时代着黑色西装的照片。考究的西装、自信的笑容，与他后来记忆中的父亲有着相当遥远的距离，那帧父亲的照影，和他像一个人的两个影子，是那般相似。父亲曾经有过那样飞扬的姿容，是他从未料到的。

他看着父亲青年时代有神采的照片，有如隔着迷蒙的毛玻璃，看着自己被翻版的脸，他不仅影印了父亲的形貌，也继承了父亲一生在岁月之舟里流浪的悲哀。那种悲哀，拍照时犹是青年的父亲是料不到的，也是他在中年以前还不能感受到的。

他决定到母亲的坟前祭拜。

火车愈近杭州，他愈是有一种逃开的冲动，因为他不知道在母亲的坟前，自己是不是承受得住。看着窗外飞去的景物，是那样的陌生，灰色的人群也是影子一样，看不真切。下了杭州车站，月台上因随地吐痰而凝结成的斑痕，使他几乎找不到落脚的地方。这就是日夜梦着的自己的故乡吗？他靠在月台的柱子上冷得发抖，而那时正是杭州燠热的夏天正午。

他最终没有找到母亲的坟墓，因为“文革”时大多数人都是草草落葬，连个墓碑都没有，他只有跪在最可能埋葬母亲的坟地附近，再也按捺不住，仰天哭号起来，深深地感觉到作为人的无所归依的寂寞与凄凉。想到妻子丢下他时所说的话，这一代的中国人，不但没有机会过一个人最基本的生活，甚至连墓碑上的一个名字都找不到。

他没有立即离开故乡，甚至还依照旅游指南，去了西湖，去了岳王庙，去了灵隐寺、六和塔和雁荡山。那些在他记忆里不曾存在的地方，他却肯定在他儿时，父母亲曾牵手带他走过。

印象最深的是他到飞来峰看石刻，有一尊肥胖的笑得十分开心的弥勒佛，是刻于后周广顺年间的佛像，斜躺在巨大的石壁里，挺着肚皮笑了一千多年。那里有一副对联“泉自冷时冷起，峰从飞处飞来”，传说“飞来峰”原是天竺灵鹫山的小岭，不知何时从印度飞来杭州。他面对笑着的弥勒佛，痛苦地想起了父母亲的后半生。一座山峰都可以飞来飞去，人间的漂泊就格外渺小起来。在那尊佛像前，他独自坐了一个下午，直到看不见天上的白云，斜阳在峰背隐去，才起身下山，在山阶间重重地跌了一跤，那一跤这些年都在他的腰间隐隐作痛，每想到一家人的离散沉埋，腰痛就从那跌落的一处迅速窜满他的全身。

香港平和的生活并没有使他的伤痕在时间里平息，他有时含泪听九龙开往广州最后一班火车的声音，有时鼻酸地想起他成长起来的新竹，使他知道香港是个无根之地，和他的身世一样找不到落脚的地方。他每天在地下电车里看着拥挤着涌向出口奔走的行人，好像自己就埋在五百万的人潮中，流着流着流着，不知道要流往何处——那个感觉还是看云，天空是潭，云是无向的舟，应风而动，有的朝左流动，有的向右奔跑，有的则在原来的地方画着圆弧。

即使坐港九渡轮，他也习惯站在船头，吹着海面上的冷风，因为在那平稳的渡轮上如果不保持清醒，也成为一座不能确定的浮舟，明明港九是这么近的距离，但父亲携他离乡时不也是坐着轮船的吗？港九的人已习惯了从这个渡口到那个渡口，但他经过乱离，总隐隐有一种恐惧，怕那渡轮突然在一个不知名的地方靠岸。

“香港仔”也是他爱去的地方，那里疲惫生活的人使他感受到无比的真实，一长列重叠靠岸的白帆船，也总不知要航往何处。有一回，他坐着海洋公园的空中缆车，俯望海面远处的白帆船，白帆张扬如翅，竟使他有一种悲哀的幻觉，港九正像一艘靠在岸上，可以乘坐五百万人的帆船，随时要启航，而航向未定。

海洋公园里有几只表演的海豚是台湾澎湖来的，每次他坐在高高的看台欣赏海豚表演，就回到他年轻时代在澎湖服役的情形。他驻防的海边，时常有大量的海豚游过，一直是渔民财富的来源，他第一次从营房休假外出到海边散步，就遇到海岸上一长列横躺的海豚，那时潮水刚退，海豚尚未死亡，背后颈脖上的气孔一张一闭，吞吐着生命最后的泡沫。他感到海豚无比的美丽，它们有着光滑晶莹的皮肤，背部是蔚蓝色，像无风时的海洋；腹部几近纯白，如同海上溅起的浪花；有的怀了孕的海豚，腹部是晚霞一般含着粉红琥珀的颜色。

渔民告诉他，海豚是胆小、聪明、善良的动物，渔民用锣鼓在海上围打，追赶它们进入预置好的海湾，等到潮水退出海湾，它们便曝晒在滩上，等待着死亡。有那运气好的海豚，被外国海洋公园挑选去训练表演，大部分的海豚则在海边喘气，然后被宰割，贱价卖去市场。

他听完渔民的话，看着海边一百多条美丽的海豚，默默做着生命最后的呼吸，他忍不住蹲在海滩上将脸埋进双手，感觉到自己的泪，濡湿了绿色的军服，也落到海豚等待死亡的岸上。不只为海豚而哭，想到他正是海豚晚霞一般腹里的生命，一生出来就已经注定了开始的命运。

这些年来，父母相继过世，妻子离他远去，他不止一次想到死亡，最后救他的不是别的，正是他当军官时蹲在海边看海豚的那一幕，让他觉得活着虽然艰难，到底是可珍惜的。

他逐渐体会到母亲目送他们离开前的心情，在中国人的心灵深处，别离地活着甚至还胜过团聚地等待死亡的噩运。那些聪明有着思想的海豚何尝不是这样，希望自己的后代回到广阔的海洋呢？

他坐在海洋公园的看台上，每回都想起在海岸喘气的海豚，几乎看不见表演，几次都是海豚高高跃起时，被众人的掌声惊醒，身上全是冷汗。看台上笑着的香港人所看的是那些外国公园挑剩的海豚，那些空运走了的，则好像是在小小的海水表演池里接受着求生的训练，逐渐忘记那些在海岸喘息的同类，也逐渐失去它们曾经拥有的广大的海洋。

澎湖的云是他见过的最美的云，在高高的晴空上，云不像别的地方松散漂浮，每一朵都紧紧凝结如一个握紧的拳头，而且它们几近纯白，没有一丝杂质。

香港的云也是美的，但美在松散零乱，没有一个重心，它们像海洋公园的海豚，因长期豢养而肥胖了。也许是海风的关系，香港云朵飞行的方向也不确定，常常右边的云横着来，而左边的云却直着走了。

毕竟他还是躺在维多利亚山看云，刚才他所注视的那一群云朵，正在通过山的凹处，一朵一朵有秩序地飞进去，不知道为什么跟在最后的一朵竟离开云群有些远了，等到所有的云都通过山凹，那一朵却完全偏开了航向，往岔路绕着山头，也许是黄昏海面起风的关系吧！那云愈离愈远，向不知名的所在奔去。

这是他看云极少有的现象，那最后的一朵云为何独独不肯顺着前云飞行的方向，它是在抗争什么的吧！或者根本就仅仅是迷路的一朵云！顺风的云像是写好的一首流浪的歌曲，而迷路的那朵就像滑得太高或落得太低的一个音符，把整首稳定优美的旋律，带进一种深深孤独的错误里。

夜色逐渐涌起，如茧一般地包围着那朵云，慢慢地，慢慢地，将云的白吞噬了，直到完全看不见了。他忧郁地觉得自己正是那朵云，因为迷路，连最后的抗争都被淹没了。

坐铁轨缆车下山时，港九遥远辉煌的灯火已经亮起，在向他招手，由于车速，冷风从窗外掼着他的脸，他一抬头，看见一轮苍白的月亮，剪贴在墨黑的天空，在风里是那样的不真实，回过头，在最后一排靠右的车窗玻璃，他看见自己冰凉的流泪的侧影。

莲瓣之不朽

供养佛的莲花凋谢了，花香仍在，并且带着供养过佛的特有的清净，弃之可惜。

我把莲瓣与莲蕊取下，铺放在白纸上。几天以后，莲花完全干透，香味仿佛隐去，只有颜色仍保有原来的清丽。那谢了的莲瓣仍有难思议之美，用水晶小瓶盛装摆在案前，它自己在清夜里就显现了庄严，这曾供养佛的莲花便如此地供养了自性。

已消失香味的莲瓣，香的本质并未失去，在开瓶的刹那从瓶中放散出来，就像那些有好本质的人把人格的馨香含孕在深处，唯有打开瓶塞的人才能闻见。

这些干了的莲瓣莲蕊很有大用，泡茶的时候丢几片进去，水中便有莲香，带着清越的气息；焚香的时候铺在炉底，当沉香燃烧时，莲花隐藏的魂魄就醒转过来，令人动容地流动在空中。

在我的手中，莲花谢了，但并不朽坏，这一点使我异常欢喜，也使我知道在这个世界上，只要有心，总有一些事物可以不朽。那焚烧成烟尘的莲瓣也不是朽坏消失，而是飘到不可知的远方。

用岁月在莲上写诗

那天路过台南县白河镇，就像暑天里突然饮了一盅冰凉的蜜水，又凉又甜。

白河小镇是一个让人吃惊的地方，它是本省最大的莲花种植地，在小巷里走，在田野上闲逛，都会在转折处看到一田田又大又美的莲花。那些经过细心栽培的莲花竟好似是天然生成，在大地的好风好景里毫无愧色，夏日里格外有一种欣悦的气息。

我去的时候正好是莲子收成的季节，种莲的人家都忙碌起来了，大人小孩全到莲田里去采莲子，对于我们这些只看过莲花美姿就叹息的人，永远也不知道种莲的人家是用怎么样的辛苦在维护一池莲，使它开花结实。

“夕阳斜，晚风飘，大家来唱采莲谣。红花艳，白花娇，扑面香风暑气消。你划桨，我撑篙，欸乃一声过小桥。船行快，歌声高，采得莲花乐陶陶。”我们童年唱过的《采莲谣》在白河好像一个梦境，因为种莲人家采的不是观赏的莲花，而是用来维持一家生活的莲子，莲田里也没有可以划桨撑篙的莲舫，而要一步一步踩在莲田的烂泥里。

采莲的时间是清晨太阳刚出来或者黄昏日头要落山的时分，一个个采莲人背起了竹篓，戴上了斗笠，涉入浅浅的泥巴里，把已经成熟的莲蓬一朵朵摘下来，放在竹篓里。

采回来的莲蓬先挖出里面的莲子，莲子外面有一层粗壳，要用小刀一粒一粒剥开，晶莹洁白的莲子就滚了一地。

莲子剥好后，还要用细针把莲子里的莲心挑出来，这些靠的全是灵巧的手工，一粒也偷懒不得，所以全家老小都加入了工作。空的莲蓬可以卖给中药铺，还可以挂起来装饰；洁白的莲子可以煮莲子汤，做许多可口的菜肴；苦的莲心则能煮苦茶，既降火又提神。

我在白河镇看莲花的子民工作了一天，不知道为什么总是觉得种莲的人就像莲子一样，表面上莲花是美的，莲田的景观是所有作物中最美丽的景观，可是他们工作的辛劳和莲心一样，是苦的。采莲的季节在端午节到九月的夏秋之交，等莲子采收完毕，接下来就要挖土里的莲藕了。

莲田其实是一片污泥，采莲的人要防备田里游来游去的吸血水蛙，莲花的梗则长满了刺。我看到每一位采莲人的裤子都被这些密刺划得千疮百孔，有时候还被刮出一条条血痕，可见依靠美丽的莲花生活也不是简单的事。

小孩子把莲叶卷成杯状，捧着莲子在莲田埂上跑来跑去，才让我感知，再辛苦的收获也有快乐的一面。

莲花其实就是荷花，在还没有开花前叫“荷”，开花结果后就叫“莲”。我总觉得两种名称有不同的意义：荷花的感觉是天真纯情，好像一个洁净无瑕的少女，莲花则是宝相庄严，仿佛是即将生产的少妇。荷花是宜于观赏的，是诗人和艺术家的朋友；莲花带了一点生活的辛酸，是种莲人生活的依靠。想起多年来我对莲花的无知，只喜欢在远远的高处看莲、想莲；却从来没有走进真正的莲花世界，看莲田背后生活的悲欢，不禁感到愧疚。

谁知道一朵莲蓬里的三十个莲子，是多少血汗的灌溉？谁知道夏日里一碗冰冻的莲子汤是农民多久的辛劳？

我陪着一位种莲的人在他的莲田逡巡，看他走在占地一甲的莲田边，娓娓向我诉说一朵莲要如何下种、如何灌溉、如何长大、如何采收、如何避过风灾，等待明年的收成时，觉得人世里一件最平凡的事物也许是我们永远难以知悉的，即使微小如莲子，都有一套生命的大学问。

我站在莲田上，看日光照射着莲田，想起“留得残荷听雨声”恐怕是莲民难以享受的境界，因为荷残的时候，他们又要下种了。田中的莲叶坐着结成一片，站着也叠成一片，在田里交缠不清。我们用一些空虚清灵的诗歌来歌颂莲叶荷田田的美，永远也不及种莲的人用他们的岁月和血汗在莲叶上写诗吧！

买了半山百合

在市场里，有个宜兰人，每隔几天来卖菜。

这个宜兰人像魔法师一样，长得滑稽而神气，他的菜篮里每次总会有几把野花，像鸡冠花、小菊花、圆仔花、大理花之类的。他告诉我，他在家附近采到什么花，就卖什么花。

他卖菜与一般菜贩无异，但卖花却有个性，不论大把小把，总是卖五十元，所以买的人有时觉得很便宜，有时觉得很贵。他不在乎，也不减价，理由是："卖菜是主业，要照一般的行情；卖花是副业，我想怎么卖就怎么卖呀！爽就好！"

他卖花爱卖不卖的，加上采来的花比不上花店的花好看，有的极瘦小，有的被虫吃过，所以生意不佳。可怪的是，他宁可不卖，也不折价。有时候他的花好，我就全买了（不过才三四把），所以他常对我说："老板，你这个人阿莎力[①]，我真甲意[②]。"有时候花真的不好，我不买，他会兜起一把花追上来："嘿！送你啦！我这个人也阿莎力。"

久了以后，相熟了，我就叫他"阿莎力"。他颇乐，远远看到我就笑嘻嘻的，好像迪士尼卡通《石中剑》里那个魔法师一样。

每年野姜花或百合花盛开的时候，阿莎力最开心，因为他的生意特别好。百合与野姜洁白、芬芳，都是讨人喜欢的花，又不畏虫害，即使是野生的也开得很美。那时，百合花就不只卖三四把了，他每天带来一大桶，清早就被抢光。他说，卖一桶花赚的钱

---

① "阿莎力"是日语翻译成闽南语的意译。意思是很干脆、豪爽，中国台湾地区多见。

② "甲意"是喜欢的意思。

胜过卖两担菜。“台北人也真是的，白菜一斤才卖二十元，又要杀价，又要讨葱；一束花五十元，也不杀价，一次买好几把，怕买不到似的。”然后他消遣我，“老板，你是台北人呀！还好你买菜不杀价，也不讨葱。”

今天路过阿莎力的摊子，看到有几束百合，比从前卖的百合瘦小，株条也不挺直，我说：“阿莎力，你今天的百合怎么只有这些？”

“全卖给你好了，这是今年最后的野百合了，我把半座山的百合全摘来了。”

“半座山的百合？”

“是呀！百合的季节已经过了，我走了半个山只摘到这些，以后没有百合卖了。”

“半座山的百合，那剩下的半座山呢？”

“剩下的半座山是悬崖呀，老板！”阿莎力苦笑着说。

想到这是今年最后的百合，我就把他所有的百合全买下来了，总共才花了三百元。回家的路上，我想，三百元就买下半座山的百合，十分不可思议。

我把百合插在花瓶里，晚上的时候，一个人静静地看那纯白的盛放的花朵。百合的喇叭形状仿佛在吹奏音乐一样。野百合的芳香最盛，特别是夜里心情沉静的时候，香气随着音乐在屋里流淌。

山里的花，我最喜欢的就是百合了。从前家住山上，有四种花是遍地蔓生的，除了百合，还有野姜花、月桃花、牵牛花。野姜花的香气太艳，月桃花没有香气，牵牛花则朝开暮谢，过于软弱，只有百合是色香俱足，而且在大风的野地里也不会被摧折，花期又长。

从前的乡下人不时兴插花，因为光是吃饱都艰难，谁会想到插一瓶花呢？但不插花不表示不爱花，每当野花盛开的时节，我们时常跑到山坡上去寻找野花的踪迹。有些山坡开满了百合花，我们就会躺在百合花的白与白之间，山风使整个田园都有着清凉的香气，感觉我们的心也像百合一般白了，并用白喇叭吹奏着高扬的音乐。然后想到“山上的百合也不纺纱，也不织布，但所罗门王皇冠上的宝石也比不上它”的句子，我们就不禁有陶醉之感了。

近年来，野百合好像也很少了，可能是山坡地被开发的缘故。只有几次到东部去，我在东澳、南澳、兰屿见到野百合遍地开的情景。自从流行插花，百合花就可以卖钱。野生的百合在未开之前便被齐根剪断，带到市场来卖。

瓶插在屋里的野百合花，虽然也像在坡地一样美、一样香，感受却大有不同了。屋里的百合再怎么美，也没有野地风中那样的昂扬，失去了那种生机盎然的姿势，好像……好像开得没有那么“阿莎力”了。

进口种植的百合花有各种颜色，黄的、红的、橙的，香气甚至比野生的更胜。但可能是童年印象的缘故，我总觉得百合花都应该是白色的，花形则最好是瘦瘦的、长长的。可是那土生土长的、有灵性之白的百合，恐怕得要到另外半山的悬崖峭壁去看了。

今年的野百合花期已过，剩下的都是温室种植的百合了，这样一想，眼前这一盆百合使我生起一种深切的感怀。它是在预告一个春天的结束，用它的白来告白，用它的香来宣示，用它的形状来吹奏，我们在山坡地那无忧的生活也随百合的记忆流得远了。

夜里，坐在百合花前。香气弥漫，在屋里随风流转。想到半山的百合花都在我的屋子里，虽然开心，内心里还是有一种幽微的疼惜。

呀，不管怎么样，野百合还是开在山里好，野百合还是开在山里的，好呀！

马蹄兰的告别

我在乡下度假，和几位可爱的小朋友在莺歌的尖山上放风筝，初春的东风吹得太猛，系在强韧钓鱼线上的风筝突然挣断了它的束缚，往更远的西边的山头飞去，它一直往高处往远处飞，飞离了我们痴望的视线。

那时已是黄昏，天边有多彩的云霞，那一只有各种色彩的蝴蝶风筝，在我们渺茫的视线里，恍惚飞进了彩霞之中。

“林大哥，那只风筝会飞到哪里呢？”小朋友问我。

“我不知道，你们以为它会飞到哪里？”

“我想它是飞到大海里了，因为大海最远。”一位小朋友说。

“不是，它一定飞到一朵最大的花里了，因为它是一只蝴蝶嘛！”另一位说。

“不是不是，它会飞到太空，然后在无始无终的太空里，永不消失，永不坠落。” 最后一位说。

然后我们就坐在山头上想着那只风筝，直到夕阳都落到群山的怀抱，我们才踏着山路，沿着愈来愈暗的小径，回到我临时的住处。我打开起居室的灯，发现我的桌子上平放着一张从台北打来的电报，上面写着我的一位好友已经过世了，第二天早上将为他举行追思礼拜。我跌坐在宽大的座椅上出神，落地窗外已经几乎全黑了，只能模糊地看到远方迷离的山头。

那一只我刚刚放着飞走的风筝，以及小朋友讨论风筝去处的言语像小灯一样，在我的心头一闪一闪，它是飞到大海里了，因为大海最远；它一定飞到最大的一朵花里了，因为它是一只蝴蝶嘛；或者它会飞到太空里，永不消失，永不坠落，于是我把电报小心地折好，放进上衣的口袋里。

朋友生前是一个沉默的人，他的消失也采取了沉默的方式，他事先一点也没有消失的预象，就在夜里读着一册书，扭熄了床头的小灯，就再也不醒了。好像是胡适说过“宁鸣而死，不默而生”，但他采取的是另一条路：宁默而死，不鸣而生，因为他是那样的沉默，更让我感觉到他在春天里离去的忧伤。

夜里，我躺在床上读史坦贝克的小说《伊甸园东》，讨论的是旧约里的一个章节，该隐杀死了他的兄弟亚伯，他背着忧伤见到了上帝，上帝对他说：“罪就伏在门前。它必恋慕你，你却要制伏它。”你可以制伏，可是你不一定能制伏，因为伊甸园里，不一定全是纯美的世界。

我一夜未睡。清晨天刚亮的时候，我就起身了，开车去参加朋友的告别式。春天的早晨真是美丽的，微风从很远的地方飘送过来，我踩紧油门，让汽车穿在风里发出嗖嗖的声音，两边的路灯急速地往后退去，荷锄的农人正要下田，去耕耘他们的土地。

路过三峡，我远远地看见一个水池里开了一片又大又白的花，那些花笔直的从地里伸张出来，非常强烈地吸引了我。我把车子停下来，沿着种满水稻的田埂往田中的花走去，那些白花种在翠绿的稻田里，好像一则美丽的传说，让人说不出一种落寞的心情。

站在那一亩花田，我不知道那是什么花，雪白的花瓣只有一瓣，围成一个弧形，花心只是一根鹅黄色的蕊，从茎的中心伸出来。它的叶子是透明的翠绿，上面还停着一些尚未蒸发的露珠，美得触目惊心。

正在出神之际，来了一位农人，他到花田中剪花，准备去赶清晨的早市。我问他那是什么花？农人说是“马蹄兰”。仔细看，它们正像是奔波在尘世里嗒嗒的马蹄，可是它不真是马蹄，也没有回音。

“这花可以开多久？”我问农人。

“如果不去剪它，让它开在土地上，可以开个两三星期，如果剪下来，三天就谢了。”

“怎么差别那么大？”

“因为它是草茎的，而且长在水里，长在水里的植物一剪枝，活的时间都是很短的，人也是一样，不得其志就活不长了。”

农人和我蹲在花田谈了半天，一直到天完全亮了。我要向他买一束马蹄兰，他说：“我送给你吧！难得有人开车经过特别停下来看我的花田。”

我抱着一大把马蹄兰，它刚剪下来的茎还滴着生命的水珠，可是我知道，它的生命已经大部分被剪断了。它愈是显得那么娇艳清新，我的心愈是往下沉落。

朋友的告别式非常庄严隆重，到处摆满大大小小的白菊花，仍是沉默。我把一束马蹄兰轻轻放在遗照下面，就告别了出来，马蹄兰的幽静无语使我想起一段古话：“旋岚偃岳而常静，江河竞注而不流，野马飘鼓而不动，日月历天而不周。”而生命呢？在沉静中却慢慢地往远处走去。它有时飞得不见踪影，像一只鼓风而去的风筝，有时又默默地被裁剪，像一朵在流着生命汁液的马蹄兰。

朋友，你走远了，我还能听到你的蹄声，在孤独的小径里响着。

夏日小春

／ 山樱桃／

夏日虽然闷热，在温差较大的南台湾，凉爽的早晨、有风的黄昏、宁静的深夜，感觉就像是小小的春天。

清晨的时候沿山径散步，看到经过一夜清凉的睡眠，又被露珠做了晨浴的各种小花都醒过来微笑，感觉到那很像自己清晨无忧恼的心情。偶尔看见变种的野茉莉和山牵牛花开出几株彩色的花，竟仿佛自己的胸腔被写满诗句，随呼吸在草地上落了一地。

黄昏时分，我常带孩子去摘果子，在古山顶有一种叫作“山樱桃”的树，春天开满花，夏日结满红艳的果子，大小与颜色都与樱桃一般，滋味如蜜还胜过樱桃。

这些山樱桃在山顶从日据时代就有了，我们不知道它的中文名字，甚至从没有闽南语，从小，我们都叫它莎古蓝波（Sa Ku Lan Bo），是我从小最爱吃的野果子，它在甜蜜中还有微微的芳香，相信是做果酱极好的材料，虽然盛产时的山樱桃，每隔三天就可以采到一篮，但我从未做过果酱，因为生吃都不够，哪有可以晒干的。

当我在黄昏对几个孩子说“我们去采莎古蓝波”的时候，大家都立刻感受着一种欢愉的情绪，好像莎古蓝波这个名字的节奏有什么魔法一样。

我们边游戏边采食山樱桃，吃到都不想吃的时候，就把新采的山樱桃放在胭脂树或姑婆芋的叶子里包回家，打开来请妈妈吃，她看到绿叶里有嫩黄、粉红、橙红、艳红的山樱桃果子，欢喜地说：“真是美得不知道怎么来吃呢。”

她总是浅尝几粒，就拿去冰镇。

夜里天气凉下来了，我们全家人就吃着冰镇的山樱桃，每一口都十分甜蜜，电视里还在演《戏说乾隆》，哥哥的小孩突然开口："就是皇帝也吃不到这么好的莎古蓝波呀。"

大家都笑了，我想，很单纯，也可以有很深刻的幸福。

/ 青莲雾/

很单纯，也可以有很深刻的幸福，当我们去采青莲雾的小路上，想到童年吃青莲雾的滋味，我就有这样的心情。

青莲雾种在小镇中学的围墙旁边，这莲雾的品种相信已经快灭绝了，当我听说中学附近有青莲雾没人要吃，落了满地的时候，就兴冲冲带三个孩子，穿过蕉园小径到中学去。

果然，整个围墙外面落了满地的青莲雾，莲雾树种在校园内，校门因为暑假被锁住了。

我们敲半天门，一个老工友来开门，问我们："来干什么？"

我说："我们想来采青莲雾，不知道可不可以？"

他露出一种兴奋的、难以置信的表情打量我们，然后开怀地笑说："行呀。行呀。"他告诉我，这一整排青莲雾，因为滋味酸涩，连初中生都没有一点采摘的兴趣，他说："回去，用一点盐、一点糖腌渍起来，是很好吃的。"

我们爬上莲雾树，老校工在树下比我们兴奋，一直说："这边比较多。""那里有几个好大。"看他兴奋的样子，我想大概有好多年，没有人来采这些莲雾了。

采了大约二十斤的莲雾，回家还是黄昏，沿路咀嚼青莲雾，虽然酸涩，却有很强烈的莲雾特有的香气，想起我读小学时曾为了采青莲雾，从两层楼高的树上跌下来，那时觉得青莲雾又甜又香，真是好吃。

经过三十年的改良，我们吃的莲雾，从青莲雾到红莲雾，再到黑珍珠，甜度不高的青莲雾就被淘汰了。

为什么我也觉得青莲雾没有以前的好吃呢？原因可能是嘴刁了，水果不断改良的结果，使我们的野心欲望增强，不能习惯原始的水果（土生的芭乐、杧果、阳桃、桃李不都是相同的命运吗？）另一个原因是在记忆河流的彼端，经过美化，连从前的酸莲雾也变甜了。

家里的人也都不喜吃青莲雾，我想了一个方法，把它放在果汁机打成莲雾汁，加很多很多糖，直到酸涩完全隐没为止。

青莲雾汁是翠玉的颜色，我也是第一次喝到，加糖、冰镇，在汗流浃背的夏日，喝到的人都说："真好喝呀，再来一杯。"

夜里，我站在屋檐下乘凉，想到童年、青少年时代，其实有许多事都像青莲雾一样的酸涩，只是面目逐渐模糊，像被打成果汁，因为不断地加糖，那酸涩隐去，然后我们喝的时刻就自言自语地说："真好喝呀，再来一杯。"

只是偶尔思及心灵深处那最怆痛的部分，有如被人以刀刺入内心，疤痕鲜明如昔，心痛也那么清晰，“或者，可能，我加的糖还不够多吧。下次再多加一匙，看看怎么样？”我这样想。

回忆虽然可以加糖，感受的颜色却不改变，记忆的实相也不会翻转。

就像涉水过河的人，在到达彼岸的时候，此岸的经验与河面的汹涌仍然是历历在心头。

／ 野木瓜／

姊姊每天回家的时候，都会顺手带几个木瓜来。

原因是她住处附近正好有亲戚的木瓜田，大部分已经熟透在树上，落了满地，她路过时觉得可惜，每次总是摘几个。

“为什么他们都不肯摘呢？”我问。

“因为连请人采收都不够工钱，只好让它烂掉了。”

“木瓜不是一斤二十五块吗？台北有时卖到三十

块。”我说。

在一旁的哥哥说：“那是卖到台北的价钱，在产地卖给收购的人，一斤三五块就不错了。”哥哥在乡下职校教书，白天教的学生都是农民子弟，夜里教的是农民，对农业有很独到的了解。

“正好今天我的一位同事问我：‘你认为世界上最可怜的人是什么人？’我毫不考虑地说：‘是农人。’”

“农人为什么最可怜呢？”哥哥继续发表高见，“因为农作物最好的时候，他们赚的不过是多一两块，农作物最差的时候，却凄惨落魄，有时不但赚不到一毛钱，还会赔得倾家荡产。农会呢？大卖小卖的商人呢？好的时候赚死了，坏的时候双脚缩起来，一毛钱也赔不到。”

问哥哥“世界上最可怜的人是什么人”的那位先生正好是老师兼农民，今年种三甲[①]地的杧果，采收

---

① 甲是台湾农民计算田地面积的单位，1 甲约为 0.97 公顷。

以后结算一共赚了三千元，一甲地才赚一千，他为此而到处诉苦。

哥哥说："一甲地赚一千已经不错，在台湾做农民如果不赔钱，就应该谢天谢地拜祖先了呀。"

不采摘的木瓜很快就会腐烂，多么可惜。也是黄昏时分，我带孩子去采木瓜，想把最熟的做木瓜牛奶，正好熟的切片，青木瓜拿来泡茶。

采木瓜给我带来心情的矛盾，当青菜水果很便宜，多到没人要的时候，我们虽然用很少的钱可以买很多，往往这时候，也表示我们的农民处在生活黑暗的深渊，使生长在农家的我，忍不住有一种悲情。

正这样想着，孩子突然对我说："爸爸，你觉不觉得住在旗山很好？"

"怎么说？"

"因为像木瓜、杧果、莲雾、山樱桃都是免费的呀。"孩子的这句话有如撞钟，使我的心嗡嗡作响。

夜里，把青木瓜头切开，去籽，塞进上好的冻顶乌龙茶，冲了茶，倒出来，乌龙茶中有木瓜的甜味与芳香，这是在乡下新学会的泡茶法，听说可以治百病，百病不知能不能治，但今天黄昏时的热恼倒是治好了。

生命中虽有许多苦难，我们也要学会好好活在眼前，止息热恼的心，不做无谓的心灵投射， 喝木瓜茶，我觉得茶也很好，木瓜也很好。

燠热的夏日其实也很好，每一朵紫茉莉开放时，都有夏天夕阳的芳香。

林边莲雾

到南部演讲，一位计程车司机来看我，送我一袋莲雾。

他说："这莲雾不同于一般莲雾，你一定会喜欢的。"

"这莲雾有什么不同吗？"我把莲雾拿起来端详，发现它的个儿比一般莲雾小一点，颜色较深，有些接近枣红。

"这是林边的莲雾，是我家乡的莲雾呀！"他说。

"林边不是生产海鲜吗？什么时候也出产莲雾

呢？”我看着眼前这位出身于海边，而在城市里谋生的青年，他还带着极强的纯朴勇毅的乡村气息。

青年告诉我，林边的海鲜很有名，但它的莲雾也很有名，只可惜产量少，只有下港人才知道，不太可能运送到北部。加上林边莲雾长得貌不起眼，黑黑小小的，如果不知味的人，也不会知道它的珍贵。

来自林边的青年拿起一个他家乡的莲雾，在胸前衬衫上来回擦了几下，莲雾的光泽便显露出来，然后他递给我叫我当场吃下去。

“要不要洗一下？”我说。

“免啦，海边的莲雾很少洒农药。”

我们便在南方旅店里吃起林边莲雾了，果然，这莲雾与一般的不同，它结实香脆、水分较少、比一般莲雾甜得多，一点也吃不出来是种在海边的咸地上。我把莲雾的感想告诉了青年，他非常开心地笑起来，说：“我就知道你会喜欢，今天我出门要来听你的演讲，对我太太说想送一袋莲雾给你，她还骂我神经，说：‘莲雾也不是什么贵重的东西！’我就说了：

‘心意是最贵重的，这一点林先生一定会懂。’”

我听了，心弦震了一下，我说：“即使不是林边的莲雾，我也会喜欢的。”

“那可不同，其他莲雾怎么可以和林边的相比！”他理直气壮地说道。

我也学着他的样子，拿一个莲雾在胸前搓搓，就请他吃了，我们两人就那样大嚼林边莲雾，甚至忘记这是他带来的礼物，或是我在请他吃。

话题还是林边莲雾，我说：“很奇怪，林边靠海岸，怎么可能生出这样好吃的莲雾？”

“因为林边的地是咸的，海风也是咸的，莲雾树吸收了这些盐分，所以就特别香甜了。”他说。

“既然吸收的盐分，怎么会变成香甜呢？”

“它是一种转化呀！海边水果都有这种能力，像种在海岸的西瓜、香瓜、番茄，都比别的地方香甜，只可惜长得不够大，不被重视。也可以说是一种对比，就像我们吃水果，再不甜的水果只要沾盐吃，感觉也会甜一些。”这一段话真是听得我目瞪口呆，从盐分变成香甜感觉上是那样的自然。

看我有点发怔，青年说："这很容易懂的，就像如果我们拿糖做肥料，种出来的不一定甜，前一阵子不是有些农人在西瓜藤上打糖精吗？那打了糖精的西瓜说多难吃，就有多难吃！"

在那一刻，我感觉眼前的林边青年，就是一位哲学家。后来，他告辞了，我独自坐在旅舍里看着窗外黯淡的大地，吃枣红色的林边莲雾，感受到一种难以言说的滋味，感念这青年开老远的车，送我如此珍贵的礼物，也感念他给我的深刻启发。

在生命里确实是这样的，有时我们是站在咸地上，有时还会被咸风吹拂，这是无可奈何的景况，不过，如果我们懂得转化、对比，在逆境中或者可以开出更香脆甜美的果实。

这样想来，林边莲雾是值得欢喜赞叹的，它有深刻的生命力，因而我吃它的时候，也不禁有庄严的心情。

温一壶月光下酒

将去年的月光温至今年下酒，此去经年，行于所当行，止于所不可不止，役物而不役于物。

光之四书

／ 光之色／

当塞尚把苹果画成蓝色以后，大家对颜色突然开始有了奇异的视野，更不要说马蒂斯蓝色的向日葵、毕加索鲜红色的人体、夏卡尔绿色的脸了。

艺术家们都在追求绝对的真实，其实这种绝对往往不是一种常态。

我是真正见过蓝色苹果的人。有一次去参加朋友的舞会，舞会上不免有些水果点心，我发现就在我坐的位子旁边一个摆设得精美的果盘，中间有几只梨山的青苹果，苹果之上一个色纸包扎的蓝灯，一束光正好打在苹果上，那苹果的蓝色正是塞尚画布上的色泽。那种感动竟使我微微地颤抖起来，想到诗人里尔克称赞塞尚的画："是法国式的雅致与德国式的热情之平衡。"

设若有一个人，他从来没有见过苹果，那一刻，我指着那苹果说：苹果是蓝色的。他必然要相信不疑。

然后，灯光变了，是一支快速度的舞，七彩的光在屋内旋转，打在果盘上，所有的水果顿时成为七彩的斑点流动。我抬头，看到舞会男女，每个人脸上的肤色隐去，都是霓虹灯一样，只是一些活动的碎点，像极了秀拉用细点的描绘。当刻，我不仅理解了马蒂斯、毕加索、夏卡尔种种，甚至看见了除去阳光以外的真实。

在阳光下，所有的事物自有它的颜色，当阳光隐去，在黑暗里，事物全失去了颜色。设若我们换了灯，同样是灯，灯泡与日光灯会使色泽不同，即使同是灯泡，百烛与十烛间相去甚巨，不要说是一支蜡烛了。我们时常说在黑夜的月光与烛光下就有了气氛，那是我们多出一种想象的空间，少去了逼人的现实，即使在阳光艳照的天气，我们突然走进树林，枝叶掩映，点点丝丝，气氛仿佛滤过，就围绕了周边。什么才是气氛呢？因为不真实，才有气有氛，令人迷惑。或者说除去直接无情的真实，留下迂回间接的真实，那就是一般人口里的气氛了。

有一回在乡下，听到一位农夫说到现今社会风气的败德，他说："都是电灯害的，电灯使人有了夜里的活动，而所有的坏事全是在黑暗里进行的。"想想，人在阳光的照耀下，到底还是保持着本色，黑暗里本色失去，一只苹果可以蓝，可以七彩，人还有什么不可为呢？

这样一想，阳光确实是无情，它让我们无所隐藏。它的无情在于它的无色，也在于它的永恒，又在于它的自然。不管人世有多少沧桑，阳光总不改变它的颜色，所以仿佛也不值得歌颂了。

熟知中国文学的人应该发现，中国诗人词家少有写阳光下的心情，他们写到的阳光尽是日暮（天寒翠袖薄，日暮倚修竹），尽是黄昏（月上柳梢头，人约黄昏后），尽是落日（大漠孤烟直，长河落日圆），尽是夕阳（去年天气旧亭台，夕阳西下几时回），尽是斜阳（斜阳外，寒鸦数点，流水绕孤村），尽是落照（家住苍烟落照间，丝毫尘事不相关）……阳光的无所不在，无地不照，反而只有离去时最后的照影，才能勾起艺术家诗人的灵感，想起来真是奇怪的事。

一朝唐诗、一代宋词，大部分是在月下、灯烛下进行，你说奇怪不奇怪？说起来就是气氛作怪，如果是日正当中，仿佛都与情思、离愁、国仇、家恨无缘。思念故人自然是在月夜空山才有气氛，怀忧边地也只有在清风明月里才能服人，即使饮酒作乐，不在有月的晚上，难道是在白天吗？其实天底下最大的痛苦不是在夜里，而是在大太阳下也令人战栗，只是没有气氛，无法描摹罢了。

有阳光的天色是给人工作的，不是给人艺术的，不是给人联想和忧思的。有阳光的艺术不是诗人词家的，是画家的专利。中国一部艺术史大部分写着阳光，西方的艺术史也是亮灿照耀，到印象派的时候更是光影辉煌。只是现代艺术家似乎不满意这样，他们有意无意地改变光的颜色。抽象自不必说了，写实，也不要俗人都看得见的颜色，而是透过画家的眼睛。他们说这是“超脱”，这是“真实”，“爱怎么画就怎么画才是创作”。

我常说艺术家是上帝的错误设计，因为他们要在阳光的永恒下，另外做自己的永恒，以为这样就成为永恒的主宰。艺术背叛了阳光的原色，生活也是如此。我们的黑夜愈来愈长，我们的屋子益来益密，谁还在乎有没有阳光呢？现在我如果批评塞尚的蓝苹果，一定引来一阵乱棒，就像齐白石若画了蓝色的柿子也会挨骂一样。其实前后不过是百年的时间，一百年，就让现代人相信没有阳光，日子一样自在，让现代人相信艺术家的真实胜过阳光的真实。

阳光本色的失落是现代人最可悲的一种，许多人不知道在阳光下，稻子可以绿成如何，天可以蓝到什么程度，玫瑰花可以红到透明，那是因为过去在阳光下工作的占人类的大部分，现在变成小部分了。即使是在有光的日子，推窗究竟看的是什么颜色呢？

我常在都市热闹的街路上散步，有时走过长长的一条路，找不到一根小草，有时一年看不到一只蝴蝶。这时我终于知道：我们心里的小草有时候是黑的，而在繁屋的每一面窗中，埋藏了无数苍白没有血色的蝴蝶。

／ 光之香／

我遇见一位年轻的农夫，在南方一个充满阳光的小镇。

那时是春末，一期稻作刚刚收成，春日阳光的金线如雨倾盆地泼在温暖的土地上，牵牛花在篱笆上缠绵盛开，苦苓树上鸟雀追逐，竹林里的笋子正纷纷涨破土地。我细心地想着植物突破土地，在阳光下成长的声音，真是人间里非常幸福的感觉。

农夫和我坐在稻埕旁边，稻子已经铺平张开在场上。由于阳光的照射，稻埕闪耀着金色的光泽，农夫的皮肤染了一种强悍的铜色。我在农夫家做客，刚刚是我们一起把谷包的稻子倒出来，用犁耙推平的，也不是推平，是推成小小山脉一般，一条棱线接着一条棱线，这样可以让“山脉”两边的稻谷同时接受阳光的照射。似乎几千年来就是这样晒谷子，因为等到阳光晒过，八爪耙把棱线推进原来的谷底，则稻谷翻身，原来埋在里面的谷子全翻到向阳的一面来——这样晒谷比平面有效而均衡，简直是一种阴阳的哲学了。

农夫用斗笠扇着脸上的汗珠，转过脸来对我说：“你深呼吸看看。”

我深深地吸了一口气，缓缓吐出。

他说：“你吸到什么没有？”

“我吸到的是稻子的气味，有一点香。”我说。

他开颜地笑了，说：“这不是稻子的气味，是阳光的香味。”

“阳光的香味？”我不解地望着他。

那年轻的农夫领着我走到稻埕中间，伸手抓起一把向阳一面的谷子，叫我用力地嗅，那时稻子成熟的香气整个扑进我的胸腔。然后，他抓起一把向阴的、埋在内部的谷子让我嗅，却是没有香味了。这个实验让我深深地吃惊，感觉到阳光的神奇，究竟为什么只有晒到阳光的谷子才有香味呢？年轻的农夫说他也不知道，是偶然在翻稻谷晒太阳时发现的。那时他还是大学学生，暑假偶尔帮忙农作，想象着都市里多彩多姿的生活。自从晒谷时发现了阳光的香味，竟使他下决心要留在家乡。我们坐在稻埕边，漫无边际地谈起阳光的香味来，然后我几乎闻到了幼时刚晒干的衣服上的味道，新晒的棉被、新晒的书画，光的香气就那样淡淡地从童年中流泻出来。自从有了烘干机，那种衣香就消失在记忆里，从未想过竟是阳光的关系。

农夫自有他的哲学，他说："你们都市人可不要小看阳光，有阳光的时候，空气的味道都是不同的。就说花香好了，你有没有分辨过阳光下的花与屋里的花，香气不同呢？"

我说："那夜来香、昙花香又作何解呢？"

他笑得更得意了："那是一种阴香，没有壮怀的。"

我便那样坐在稻埕边，一再地深呼吸，希望能细细品味阳光的香气。看我那样正经庄重，农夫说："其实不必深呼吸也可以闻到，只是你的嗅觉在都市里退化了。"

／ 光之味／

在澎湖访问的时候，我常在路边看渔民晒鱿鱼，发现晒鱿鱼有两种方式：一种是把鱿鱼放在水泥地上，隔一段时间就翻过身来。在没有水泥地的土地，为了怕蒸起的水汽，渔民把鱿鱼像旗子一样，一面面挂在架起的竹竿上——这种景观是在澎湖、兰屿随处可见的，有的台湾沿海也看得见。

有一次一位渔民请我吃饭，桌子上就有两盘鱿鱼，一盘是新鲜的刚从海里捕到的鱿鱼，一盘是阳光晒干以后，用水泡发，再拿来煮的。渔民告诉我，鱿鱼不同于其他的鱼，其他的鱼当然是新鲜最好，鱿鱼则非经过阳光烤炙，不会显出它的味道来。我仔细地吃起鱿鱼，发现新鲜虽脆，却不像晒干的那样有味、有劲，为什么这样，真是没什么道理。难道阳光真有那样大的力量吗?

渔民见我不信，捞起一碗鱼翅汤给我，说："你看这鱼翅好了，新鲜的鱼翅，卖不到什么价钱的，因为一点也不好吃，只有晒干的鱼翅才珍贵，因为香味百倍。"

为什么鱿鱼、鱼翅经过阳光曝晒以后会特别好吃呢？确是不可思议，其实不必说那么远，就是一只乌鱼子，干的乌鱼子价钱何止是新鲜乌鱼卵的十倍?

后来我在各地旅行的时候，特别留意这个问题。有一次在南投竹山吃东坡肉油焖笋尖，差一点没有吞下盘子。主人说那是今年的阳光特别好，晒出了最好吃的笋干。阳光差的时候，笋干也显不出它的美味，嫩笋虽自有它的鲜美，但经过阳光，却完全不同了。

对鱿鱼、鱼翅、乌鱼子、笋干等等，阳光的功能不仅让它干燥、耐于久藏，也仿若穿透它，把气味凝聚起来，使它发散不同味道。我们走入南货行里所闻到的干货聚集的味道，我们走进中药铺子扑鼻而来的草香药香，在从前，无一不是经由阳光的凝结。现在有无须阳光的干燥方法，据说味道也不如从前了。一位老中医师向我描述从前当归的味道，说如今怎样熬炼也不如昔日。我没有吃过旧日当归，不知其味，但这样说，让我感觉现今的阳光也不像古时有味了。

不久前，我到一个产制茶叶的地方，茶农对我说，好天气采摘的茶叶与阴天采摘的，烘焙出来的茶就是不向。同是一株茶，春茶与冬茶也全然两样，则似乎一天与一天的阳光味觉不同，一季与一季的阳光更天差地别了，而它的先决条件，就是要具备一只敏感的舌头。不管在什么时代，总有一些人具备好的舌头能辨别阳光的壮烈与阴柔——阳光那时刻像是一碟精心调制的小菜，差一些些，在食家的口中已自有高下了。

这样想，使我悲哀，因为盘中的阳光之味在时代的进程中似乎日渐清淡起来。

／ 光之触／

八月的时候，我在埃及，沿着尼罗河自北向南，从开罗逆流而溯，一直往卢克索、帝王谷、亚斯文诸地经过。那是埃及最热的天气，晒两天，就能让人换过一层皮肤。

由于埃及阳光可怕的热度，我特别留心到当地人的穿戴，北非各地，夏天的衣着也是一袭长袍长袖的服装，甚至头脸全包扎起来。我问一位埃及人："为什么太阳这么大，你们不穿短袖的衣服，反而把全身包扎起来呢？"他的回答很妙："因为太阳实在太大，短袖长袖同样热，长袖反而可以保护皮肤。"

在埃及八天的旅行，我在亚斯文旅店洗浴时，发现皮肤一层一层地脱落，如同干去的黄叶。埃及经验使我真实感受到阳光的威力，它不只是烧灼着人，甚至是刺痛、鞭打、揉搓着人的肌肤。阳光热烘烘地把我推进一个不可回避的地方，每一秒的照射都能真实地感应。

后来到了希腊，在爱琴海滨，阳光也从埃及那种磅礴波澜里进入一个细致的形式，虽然同样强烈地包围着我们。海风一吹，阳光在四周汹涌，有浪大与浪小的时候。我感觉希腊的阳光像水一样推涌着，好像手指的按摩。

再来是意大利。阳光像极文艺复兴时代米开朗基罗的雕像，开朗、强壮，但给人一种美学的感应，那时阳光是轻拍着人的一双手，让我们面对艺术时真切地清醒着。

到了中欧诸国，阳光简直成为慈和温柔的怀抱，拥抱着我们。我感到相当的惊异，因为同是八月盛暑，阳光竟有着种种变化的触觉：或狂野、或壮朗、或温和、或柔腻，变化万千。加以欧洲空气的干燥，更触觉到阳光直接的照射。

那种触觉简直不只是肌肤的，也是心灵的，我想起中国的一个寓言：

有一个盲人，从来没有见过太阳，有一天他问一个好眼睛的人："太阳是什么样子呢？"

那人告诉他："太阳的样子像个铜盘。"

盲人敲了敲铜盘，记住了铜盘的声音，过了几天，他听见敲钟的声音，以为那就是太阳了。

后来又有一个好眼睛的人告诉他："太阳是会发光的，就像蜡烛一样。"

盲人摸摸蜡烛，认出了蜡烛的形式，又过了几天，他摸到一支箫，以为这就是太阳了。

他一直无法搞清太阳是什么样子。

盲人永远不能看见太阳的样子，自然是可悲的，但幸而盲人同样能有阳光的触觉。寓言里只有手的触觉，而没有心灵的触觉。失去这种触觉。就是好眼睛的人，也不能真正知道太阳的。

冬天的时候，我坐在阳台上晒太阳。同一个下午的太阳，我们能感觉到每一刻的触觉都不一样：有时温暖得让人想脱去棉衫，有时一片云飘过，又冷得令人战栗。晒太阳的时候，我觉得阳光虽大，它却是活的，是宇宙大心灵的证明。我想只要真正地面对过阳光，人就不会觉得自己是神，是万物之主宰。

只要晒过太阳，也会知道，冬天里的阳光是向着我们，但走远了，夏天则又逼近，不管什么时刻，我们都触及了它的存在。

记得梭罗在瓦尔登湖畔，清晨吸到新鲜空气，希望将那空气用瓶子装起，卖给那些迟起的人。我在晒太阳时则想，是不是有一种瓶子可以装满阳光，卖给那些没有晒过太阳的人呢？

每一天出门的时候，我们对阳光有没有触觉呢？如果没有，我们的感官能力正在消失，因为当一个人对阳光竟能无感，如果说他能对花鸟虫鱼、草木山河有观，都是自欺欺人的了。

月到天心

二十多年前的乡下没有路灯，夜里穿过田野要回到家里，差不多是摸黑的，平常时日，都是借着微明的天光，摸索着回家。

偶尔有星星，就亮了很多，感觉到心里也有星星的光明。

如果是有月亮的时候，心里就整个沉淀下来，丝毫没有了黑夜的恐惧。在南台湾，尤其是夏夜，月亮的光格外有辉煌的光明，能使整条山路都清清楚楚地延展出来。

乡下的月光是很难形容的，它不像太阳的投影是从外面来，它的光明犹如从草树、从街路、从花叶，乃至从屋檐下、墙垣内部微微地渗出，有时会误以为万事万物的本身有着自在的光明。假如夜深有雾，到处都弥漫着清气，当萤火虫成群飞过，仿佛是月光所掉落出来的精灵。

每一种月光下的事物都有了光明，真是好！

更好的是，在月光底下，我们也觉得自己心里有着月亮、有着光明，那光明虽不如阳光温暖，却是清凉的，从头顶的发到脚尖的趾甲都感受到月的清凉。

走一段路，抬起头来，月亮总是跟着我们、照着我们。在童年的岁月里，我们心目中的月亮有一种亲切的生命，就如同有人提灯为我们引路一样。我们在路上，月在路上；我们在山顶，月在山顶；我们在江边，月在江中；我们回到家里，月正好在家屋门前。

直到如今，童年看月的景象，以及月光下的乡村都还历历如绘。但对于月之随人却带着一些迷思，月亮永远跟随我们，到底是错觉还是真实的呢？可以说它既是错觉，也是真实。由于我们知道月亮只有一个，人人却都认为月亮跟随自己，这是错觉；但当月亮伴随我们时，我们感觉到月是唯一的，只为我照耀，这是真实。

长大以后才知道，真正的事实是，每一个人心中都有一片月，它是独一无二、光明湛然的，当月亮照耀我们时，它反映着月光，感觉天上的月也是心中的月。在这个世界上，每个人心里都有月亮埋藏，只是自己不知罢了。只有极少数的人，在最黑暗的时刻，仍然放散月的光明，那是知觉到自己就是月亮的人。

这是为什么禅宗把直指人心称为“指月”，指着天上的月叫人看，见了月就应忘指；教化人心里都有月的光明，光明显现时就应舍弃教化。无非是标明了人心之月与天边之月是相应的、含容的，所以才说“千江有水千江月，万里无云万里天”，即使江水千条，条条里都有一轮明月。从前读过许多诵月的诗，有一些颇能说出“心中之月”的境界，例如王阳明的《蔽月山房》：

山近月远觉月小，便道此山大于月。

若人有眼大如天，当见山高月更阔。

确实，如果我们能把心眼放开到天一样大，月不就在其中吗？只是一般人心眼小，看起来山就大于月亮了。

还有一首是宋朝理学家邵雍写的《清夜吟》：

月到天心处，风来水面时；

一般清意味，料得少人知。

月到天心、风来水面，都有着清凉明净的意味，只有微细的心情才能体会，一般人是不能知道的。

我们看月，如果只看到天上之月，没有见到心灵之月，则月亮只是极短暂的偶遇，哪里谈得上什么永恒之美呢？

所以回到自己，让自己光明吧！

温一壶月光下酒

煮雪如果真有其事，别的东西也可以留下，我们可以用一个空瓶把今夜的桂花香装起来，等桂花谢了，秋天过去，再打开瓶盖，细细品尝。

把初恋的温馨用一个精致的琉璃盒子盛装，等到青春过尽垂垂老矣的时候，掀开盒盖，扑面一股热流，足以使我们老怀堪慰。

这其中还有许多意想不到的情趣，譬如将月光装在酒壶里，用文火一起温来喝……此中有真意，乃是酒仙的境界。

有一次与朋友住在狮头山，每天黄昏时候在刻着

“即心是佛”的大石头下开怀痛饮，常喝到月色满布才回到和尚庙睡觉，过着神仙一样的生活。最后一天我们都喝得有点醉了，携着酒壶下山，走到山下时顿觉胸中都是山香云气，酒气不知道跑到何方，才知道喝酒原有这样的境界。

有时候抽象的事物也可以让我们感知，有时候实体的事物也能转眼化为无形，岁月当是明证，我们活的时候真正感觉到自己是存在的，岁月的脚步一走过，转眼便如云烟无形。但是，这些消逝于无形的往事，却可以拿来下酒，酒后便会浮现出来。

喝酒是有哲学的，准备许多下酒菜，喝得杯盘狼藉是下乘的喝法；几粒花生米一盘豆腐干，和三五好友天南地北是中乘的喝法；一个人独斟自酌，举杯邀明月，对影成三人，是上乘的喝法。

关于上乘的喝法，春天的时候可以面对满园怒放的杜鹃细饮五加皮；夏天的时候，在满树狂花中痛饮啤酒；秋日薄暮，用菊花煮竹叶青，人与海棠俱醉；冬寒时节则面对篱笆间的忍冬花，用蜡梅温一壶大曲。这种种，就到了无物不可下酒的境界。

当然，诗词也可以下酒。

《历代诗余》引俞文豹《吹剑录》谈到一个故事，提到苏东坡有一次在玉堂日，有一幕士善歌，东坡因问曰："我词何如柳七（即柳永）？"幕士对曰："柳郎中词，只合十七八女郎，执红牙板，歌'杨柳岸，晓风残月'。学士词，须关西大汉、铜琵琶、铁绰板，唱'大江东去'。"东坡为之绝倒。

这个故事也能引用到饮酒上来，喝淡酒的时候，宜读李清照；喝甜酒时，宜读柳永；喝烈酒则大歌东坡词。其他如辛弃疾，应饮高粱小口；读放翁，应大口喝大曲；读李后主，要用马祖老酒煮姜汁到出怨苦味时最好；至于陶渊明、李太白则浓淡皆宜，狂饮细品皆可。

喝纯酒自然有真味，但酒中别掺物事也自有情趣。范成大在《骖鸾录》里提道："番禺人作心字香，用素茉莉未开者，着净器，薄劈沉香，层层相间封，日一易，不待花蔫，花过香成。"我想，应做茉莉心香的法门也是掺酒的法门，有时不必直掺，斯能有纯酒的真味，也有纯酒所无的余香。我有一位朋友善做葡萄酒，酿酒时以秋天桂花围塞，酒成之际，桂香袅袅，直似天品。

我们读唐宋诗词，乃知饮酒不是容易的事，遥想李白当年斗酒诗百篇，气势如奔雷，作诗则如长鲸吸百川，可以知道这年头饮酒的人实在没有气魄。现代人饮酒讲格调，不讲诗酒。袁枚在《随园诗话》里提过杨诚斋的话："从来天分低拙之人，好谈格调，而不解风趣，何也？格调是空架子，有腔口易描；风趣专写性灵，非天才不办。"在秦楼酒馆饮酒作乐，这是格调，能把去年的月光温到今年才下酒，这是风趣，也是性灵，其中是有几分天分的。

《维摩经》里有一段天女散花的记载，正在菩萨为弟子讲经的时候，天女出现了，在菩萨与弟子之间遍洒鲜花，散布在菩萨身上的花全落在地上，散布在弟子身上的花却像粘黏那样粘在他们身上，弟子们不好意思，用神力想使它掉落也不掉落。仙女说："观诸菩萨花不着者，已断一切分别想故。譬如，人畏时，非人得其便。如是弟子畏生死故，色、声、香、味，触得其便也。已离畏者，一切五欲皆无能为也。结习未尽，花着身耳。结习尽者，花不着也。”

这也是非关格调，而是性灵。佛家讲究酒、色、财、气四大皆空，我觉得，喝酒到极处几可达佛家境界，试问，若能忍把浮名，换作浅酌低唱，即使天女来散花也不能着身，荣辱皆忘，前尘往事化成一缕轻烟，尽成因果，不正是佛家所谓苦修深修的境界吗？

海岸破晓

走路到海边去看太阳的那一刻。

这时是秋天，夜的寒气竟能穿过衣裳，满林子的雾流来流去，地上草尖的露水，当我踩过，仿佛都飞溅起来，湿了裤管。

鸟还没有开始醒来，所以南台湾最哗闹的热带林子此时异常沉静。林间的黑幕与沉静相映，我小心地拿着电筒，探寻海边的出路。

终于到海边了，但海的景象令我吃惊，从天空到海面，一片墨黑，像是墨汁喷洒在整个海边。我从前没看过这么黑的云，尤其是靠海岸的云，墨块一样，紧紧地凝结。

黎明似乎是从遥远的地方走来，黑云开始飞跑，天边的明亮从层层的黑色中穿透，这是海岸的第一丝光明，撕破了整个天幕。我才知道，为什么清晨被称为“破晓”。

不只天破了，雾散了，鸟也都醒了，蝴蝶、蜻蜓、不知名的虫子都从林间飞起。

人何尝不是如此，被无名的黑云所笼罩的时候，会以为光明已在人间失落；但如果能撕开那层黑幕，就会知道阳光从未离开。

姑婆叶随想

在三峡的山上散步，发现满山的姑婆叶，显得非常翠绿肥满，我便离开山间小路。步入草丛间姑婆树蔓生的林里，意外看见姑婆树一串一串艳红得要滴出水的种子，我随手摘取几串成熟的姑婆子，带回家来，种在一些空花盆里。

这几年来，我把顶楼的阳台整理成一个小小的花圃，但是我很少去花市里买花。有一些是从朋友家移种而来，有一些是从乡下山里采来的种子，特别是一些我幼年在乡间常见的花草。像我种了狗尾草、酢浆草、一些蕨类，甚至也种了几丛野芒草，都是别人欲除之而后快的野草。我有时也难以了解为什么自己当时会种这些草，有的还种在陶艺名家昂贵的花盆里。

奇怪的是，不管多么卑微的草，只要我们找一个好的花盆，有心去照料，它就会自然展出内在深处不为人见的美质。由于我们在种植时没有得失的心，使我们与花草都得到舒展与自在，蓦然回首，常看到一些惊人的美。

我有一些花草是用种子种的，像我种了好几盆黄的、白的、红的莲蕉花，是从故乡旗山中山公园采到的莲蕉花种子，撒在花盆中，就长得异乎寻常的茂盛。夏天的时候长到有一人高，春末时节，莲蕉大量结子，我就把它送给喜欢的朋友。

我也种了几棵百香果，是在屏东时，朋友从园子里采下来送我的。我把它种在书房的窗下，两年下来，早就爬满了书房的窗户，藤蔓交缠，绵绵密密。夏夜时，感觉凉风就从里面生起，只可惜种在窗下的百香果不结果，可能是蜜蜂蝴蝶不能飞到的缘故。

还有几盆是紫丁香，说是紫丁香也不确实，因为有几株是粉红，几株是白。这丁香花夜间有一种乳香，是我最欢喜的香气。它在乡下叫作“煮饭花”，是随处可见、俗贱的花。我种的几盆，种子是在美浓一个朋友家鸡棚边采来的。他送我种子时还说：“这从鸡屎里长出的紫丁香种子特别肥大，一定能开出很美丽的花。”

另外有两盆特别有纪念价值的野花。一盆是含羞草，那是前年清明返乡扫墓，在父亲坟上发现的。我们动手清除坟上的蔓草时，发现长了几株含羞草。正在拔除时，看到含羞草的荚果里有许多种子。我采了几个放在口袋，回来后就种了它。事隔一年，那含羞草开出许多粉红色的球状花朵，真是美极了。我每次浇水，看见含羞草敏感地合起掌心，就默默地思念着我的父亲，希望来世还能与他相会。

一盆是落地生根，那是去年有一次在阳明山的永明寺独坐到黄昏下山，路边有人在盖屋子，铲了一堆草在道旁，我眼尖看到一串铃铛般美丽的花也被铲倒，捡起来，发现它的茎叶零落，根茎断成三节，叶子五片。我全捡起来，埋种在花盆里。落地生根那强烈而奋进的生命真是难以思议，根茎与叶子全部存活，没有一块例外。有的叶子，一片就长成五、六株，而且在今年株株都开花了，黄昏时分，好风一吹，仿佛许多串无声的风铃。

落地生根台湾话叫“钟仔花”，国语叫“铃铛花”，都是很美的名字。我每次看到那一字排开的落地生根，就觉得人的生命力与创造力应该像它一样，即使在恶劣的环境中被铲成八节，节节都是完整的，里面都有一个优美的、风格宛然的自我。

我最得意的是在三峡山上采的姑婆树了。它的生命力与落地生根不相上下，而它成长的速度也极惊人。我总觉得自己对姑婆树有一种特别的感情，记得很小很小的时候，第一次听到大人说“姑婆叶”，就有一种永远不忘的惊奇。曾经问过许多大人，那长得像野芋头叶子的树为何叫“姑婆树”，没有一个人知道。

我有一位三姑妈，家里的后园就长了难以计算的姑婆树。她极擅长做馃食甜点，年节时做了很多，会叫表哥送一蒸笼来，笼盖掀起时的景象如今还深印在我的脑海：各种馃食整齐地放在或圆或方的姑婆叶上，虽被猛火蒸过，姑婆叶仍翠绿如在树上。三姑妈养了许多猪，每次杀猪会央人带猪肉来，猪肉在姑婆叶里扎得密实，外面用一条干草束成十字，真是好看极了。

有时我会这样想：那姑婆树会不会是特别为三姑妈而活在世上、而命名的呢？

从前乡下的姑婆叶用途很多，市场里的小贩都用它包东西，又卫生又美观，也不至于破坏环境，比起现在用塑胶袋要卫生科学得多。

乡下的孩子上厕所用不着纸，在通往茅坑的路上随手撕下一片姑婆叶，就是最便利的纸了。一直到我离开乡下的前几年，我们都是这样解决的。下雨天时也用不到伞，连茎折下的姑婆叶是天然好用的伞。夏天时的扇子，折半片姑婆叶也就是了。野外烤鸡、烤番薯，用姑婆叶包好埋在热土块里，有特别的清香……

早年的乡下市场，每天清晨都有住在山上的人割两担姑婆叶挑来买，往往不到一盏茶的工夫，就全卖完了。

有一次看五十年代的乡土电影，一位主妇去市场卖猪肉，竟用红白塑胶袋提回家，就觉得导演未免太粗心了。当时台湾根本没有红白塑胶袋，如果用姑婆叶包着，稻草束好，气氛就好得多了。

不只是气氛，台湾人倘使还使用姑婆叶，环境也不会败坏到如今这个样子。

姑婆叶在时代里逐渐被遗忘了，正如许多土生在台湾乡间的花草，并不能留下什么，只留下一些温情的回忆。

我看着花盆里那日渐壮大的姑婆树，想到每个时代的一些特质，一些因缘与偶然。植物事实上是表达了一个人的某种心情，不管是姑婆叶、莲蕉花、煮饭花、钟仔花、含羞草，我都觉察到自己是一个平凡而念旧的人。我喜欢这些闲杂花草远胜过我对什么郁金香、姬百合、牡丹花的向往。它让我感觉到，自己一直走在乡间的小路，许多充满草香的景象犹未远去。

在姑婆树高大身影下，我种了一种在松山路天桥上捡到的植物，名叫“婴儿的眼泪”，想到许多宗教都说唯有心肠如赤子，才可以进天堂。小孩子纯真，没有偏见，没有知识，也不判断，他只有本然的样子。或者在小孩子清晰的眼中，我们会感觉那就像宇宙的某一株花、某一片叶子，他们的眼泪就是清晨叶片上的一滴露珠。

愿做自由花

经过中部大平原，突然看见在稻田中有一大片金黄色的花，在阳光中格外耀眼，停了车，从田埂走到花中，仿佛走进一个金黄色的梦。

仔细看，才知道原来是青花菜所开出的花，我们平常在市场看见的白花菜、青花菜都是一球球的，往往让我们忘记原来它们是花。因此看到眼前这一片青花菜令我感到吃惊，十字形的花朵从团团的菜花中抽放出来，拉高竟到了人的腰际，开得非常非常繁密，但因有高低的层次，并不让人感到拥挤。在绿色的稻田里，这一片金黄色的菜花有如闪电一般，有慑人之美。

它占地约有一亩，又在早春的风中摇曳，使我看见了土地的温柔与源源不绝的生机。

站在田中面对这一片青花菜的黄花，我思索着它被留下来的理由，有可能是菜农要收成青花菜的种子，也有可能是稻田保存地力的轮替，还有可能是菜价低贱，农夫懒得收成而任其开花怒放。

不管是什么理由，青花菜被留下来是唯一的真实，它比所有的同类幸运；大部分的青花菜没有开花的机会，花苞结成就被采收了，因此，大部分吃青花菜的人没有机会看见这大地上的美丽之花。这片青花菜何其幸运，是同类中仅有的自由花，我又何其幸运，能看到它毫无顾忌地怒放，这无非是一次殊胜的因缘呀！当我继续开车前行，眼前好像一直都看见那金黄色的影子，一闪一灭，这平凡的青花菜最令我动容的是什么呢？为什么它竟成为中部大平原上最耀眼的风景呢？

是它的自由！

当我看到青花菜的自由，感觉自己就像从束缚中被解放出来，我们大部分人就如同市场中的青花菜一样，在还没有完全开放时就被采收，因而不知道自己也可以开出最美丽的黄花。

人也可以自由开放吗？

当然！自由地开放可以说是禅者最主要的风格，乃至于可以说是佛教的基础，修行者最重要的就是自由，是无牵无挂、无拘无束、无碍无缚。什么是自由？自由不在境上，而在心中，自性清净的人不为境转，是为自由；证悟空性者，知悉无常迁化，就不会被外物所役、所捆绑了。

因为这样的自由，当我们看到禅师如是的对话，就不会吃惊了：

僧问："如何是三宝？"

潭州总印禅师："禾、麦、豆。"

僧问："如何是佛法大意？"

明州法常禅师："蒲花、柳絮、竹针、麻线。"

僧问："如何是禅？"

石头希迁禅师："碌砖。"

僧问："如何是道？"

径山道钦禅师："山上有鲤鱼，水底有蓬尘。"

僧问："如何是西来意？"

天柱崇慧禅师："白猿抱子来青嶂，蜂蝶衔华绿叶间。"

生命的真实里固已解脱了束缚，问答之间又何必有什么丝线呢？在自性的清净自由里，万事万物都是三宝、是佛法大意、是禅、是道、是西来意，其中并没有分别，因为有分别就有执着、就有相、就会生心、就偏离了自由。

我认为修行者可以用"六自"来说：自觉、自由、自在、自主、自信、自尊。一切自由的开端是来自觉悟，等觉悟到自性清净本心时才能做自己的主人，自主之后才得以过无碍自由进退自在的生活，这时体会到生命的真意而有绝对的信心，也因知悉佛性本具有了生命的尊严。

但是自由自在不是放任，我们来看一个公案：

招提慧朗禅师造访石头希迁禅师：

问曰："如何是佛？"

师曰："汝无佛性！"

曰："蠢动含灵又作么生？"

师曰："蠢动含灵却有佛性。"

曰："慧朗为什么却无？"

师曰："为汝不肯承担！"

慧朗言下开悟。

好一个"为汝不肯承担！"自觉、自由、自在、自主、自信、自尊全是来自"承担"两字，承担不是我见我执的度量和计算，而是用无念的自我来面对客观的外境，是内外在世界的完全统一——最究竟的解脱是体证到圆满的自我生命，而进入解脱门的是即心即佛，心佛无二是最伟大的承担。

承担，就像青花菜昂然美丽地站在土地上。

承担，是坦然面对风雨，自在地盛放。

承担，是即使明日要凋谢，今天还能饱孕阳光，微笑地展颜。

作为花，就要努力开放，作为人，就要走向清净之路，这是承担。

那中部大平原的一亩青花菜的黄花，既有自由，又有承担，它站在那里默默地生长着，但它雷声一样地展示自己的自由，使我想起《金刚经》的一句：

“说法者无法可说，是名说法。”

寒梅着花未

终于过了三十岁的生日。那一天，我独自开车到台北近郊的八里乡去，八里乡有一个临着海口的弯道，在冬日的雾气里美丽而古典。右边海的湛蓝在东北季风的吹袭下，浪花用力拍击着岩岸，发出崩天裂云的嘶嘶声；左近的山壁葱葱绿绿地长出各色的花草，人在其中情绪十分复杂，山给我们的壮怀与海给我们的远志在抬眼眺望的时刻，交织成一幅充满梦想的视景。

八里的海湾是我常去的地方，那里几乎没有人迹，只偶尔呼啸而过几辆疾驰的货车，让人蓦地觉到人的脚印真是无远弗届；这个地方在秋天的时候常常有孤鹰出入，在天空中缓缓盘旋，运气好的话会看到飞翔很久的鹰突然落脚在山顶的枝丫上，睁着巨眼遥望海口，顺着海势而去，也许可以看到尽处的蓝天吧！

渔船也是美的，它是生活与搏斗得来的美，从高处看，它顺着浪头在海中一起一落一起一落，连渔民弯腰的姿影都清晰可见。我是经常想到渔民辛苦的人，可是想到他们每天在波涛大浪中涌动的生活，应该也油然而兴起宇宙苍茫浩大的情思吧！八里最美的还不是那个海湾，而是到八里的路上有一段种了许多杜鹃花，有红、有白、有紫，生得零乱错综，不像是人有意种上去的。杜鹃正好在山道的临沿，每次我路过总是把车速放慢，看早春的杜鹃在空静的山中绽放。可是不知道为什么车子经过时会从车窗飘进来一阵淡淡的香气，原来，目见的美色也会刺激我们的嗅觉，好像三十年往事一幕幕浮现时，竟能嗅闻出当时的味道一般。

这次我去八里，路经那一段杜鹃花道，杜鹃已经开得很盛，有许多刚凋谢的花铺在马路上，鲜新的颜色还未褪去，车子的风过，花魂就向两旁溅飞起来，到远一点的地方才落下，逝去的花有逝去的美，被惊起的花魂也像蝴蝶一样有特别的姿势。

长在枝丫上的杜鹃虽好看，但总觉得拥挤，它们抢着在春天来时开成枝头第一株，于是我们感觉杜鹃花不是一朵朵，而是一群群的，等到它们落了散居在地面，才看清原来每一朵都有不同的面貌。

对我而言，往事也是如是，处在进行的时刻，很难把每一件事检点出来，看出它的前因后果，因为每一往事都牵连着另一件，交织成一片未曾消逝。等往事经过了，我随手一捞，竟像谢去的杜鹃，每一段都能整理出一个完整的面貌，有许多颜色还清新如昔。

我走在八里海边上，仰起头来散步，想起自己过去三十年的生命历程，有一种感觉，好像一篇已经印刷出版的文章，里面大部分是畅顺的，可是有许多地方分段分错了，还有许多地方逗点和句号摆错了地方，修改重新来过，已经无能为力了。

快黄昏的时候，海上突然下起雨来，我看着海面上的雨线一直向海岸逼近，才一晃眼，雨已经逼到身侧，愈下愈大，很快我就被淋湿了，想起年少时代的喜欢下雨，这时淋到雨竟有一些无可奈何的心境。

回程的时候，路过杜鹃花道，本来在路上的花魂被雨淋过，被车碾过，都成为五颜六色的尘泥，贴黏在地上。我下了车，在微雨的黄昏中看那些花，不禁看得痴了，花而有知，知道年年春天的兴谢，知道美丽的盛放后就是满地的尘泥，不晓得会有何感叹？

到家的时候已是黑夜了，妻子与朋友为我准备了生日盛宴，人声笑语正从院落中热闹地传出来，我看到院子的梅花还开着，不觉心情一松——有谢了的花，总有新的花要开起。

然而，人过了而立之年，如果是一株寒梅，是不是到开花结实的时候了呢？

飞翔的木棉子

开车从光复南路经过，一路的木棉正盛开，火燃烧了一样，再转罗斯福路、仁爱路、复兴南路、中山北路，都是正向天空招扬的木棉花，每年到这个时候，都市人就知道春天来了，也能感觉到台北不是完全没有颜色的都市。

如果是散步，总会忍不住站在木棉树下张望，或者弯下腰，捡拾几朵刚落下的木棉花，它的姿形与色泽都还如新，却从树上落下了，仿佛又坠落一个春天，夏的脚步向前跨过一步。

木棉落下的声音比任何花巨大，啪嗒作响，有时真能震动人的心灵，尤其是在都市比较寂静的正午时分，可以非常清晰听见一朵木棉离枝、破风、落地的响声，如果心地足够沉静，连它落下滚动的声息都明晰可闻。

但都市木棉的落地远不如在乡下听来可惊，因为都市之木棉不会结子是人人都知道而习惯了，因此看到满地木棉花也不觉得稀奇。在我生长的南部乡下，每一朵木棉花都会结果，落下的木棉花就显得可惊。

有一次，我住在亲戚家里，亲戚家里长了两株高大的木棉，春雷响后，木棉开满橙红的花，那种动人的景观只有整群燕子停在电线上差堪比拟。但到了夜半，坐在厢房窗前读书，突然听见木棉花落，声震屋瓦，轰然作响，扯动人的心弦，为什么南方木棉的落地，会带来那么大的震动呢？

那是由于在南方，木棉花在开完后并不凋谢，而在树上结成一颗坚实的果子，到了盛夏，果子在阳光下噗然裂开。这时，木棉果里面的木棉子会哗然飞起，每一粒木棉子长得像小钢珠，拖着一丝白色棉花，往远方飞去，那些裂开时带着弹性之力，且借着风走的木棉子，可以飞到数里之遥，然后下种、抽芽，长成坚强伟岸的木棉树。这是为什么在乡下广大的田野，偶尔会看见一株孤零零的木棉树，那通常是越过几里村野的一颗小小木棉子，在那里落地生根的。

所以，乡下木棉花落会引人叹息，因为它预示了有一朵花没有机会结子、飞翔、落种、成长，尤其当我们看到一朵完整美丽的花落下特别感到忧伤，会想道：这朵花为何落下，是失去了结子的心愿呢？还是沉溺自己的美丽而失去了力量？

这些都不可知，但我们看到城市落了满地的木棉花感到可怕，为什么整个城市美丽的木棉花，竟没有一朵结果？更可怕的是，大部分人都以为木棉花掉落是一种必然，甚至忘记这世界上有飞翔的木棉了。

是不是，整个城市的木棉花都失去了结子与飞翔的心愿呢？

有时候这种对自然的思考，会使我感到迷惑，就在我们这块相连的岛屿，北回归线以南的壁虎叫声非常清澈响亮，以北的壁虎却都是哑巴；若以中央山脉为界，中央山脉以西的白头翁只只白头，以东的同一种鸟却没有白头，被叫作乌头翁。我常常想，如果把南方会叫的壁虎带过北回归线，它还叫不叫？把西边的白头翁带过中央山脉，它的头白不白？

可惜没有人做过这种试验，使我们留下了一些迷思，但有一个例子说不定可以给我们启示性的思考，在中央山脉走到尾端的恒春，由于没有中央山脉为界，同时生长着白头翁与乌头翁，白者自白、黑者自黑；还有沿着北回归线生长的壁虎，有会叫的也有哑巴的，嚣者自嚣、默者自默。那么，或黑或白、或叫嚣或沉默，是不是动物自己的心愿呢？或许是的。这个答案使我们对于都市木棉花的颜色从火的燃烧顿时跌入血的忧伤，它们是失去了结子的心愿，或是对都市的生存环境做着无言的抗议呢？

当我有时开车经过木棉夹岸的道路，有些木棉滚落到路中央，车子碾过仿佛听到霹雳之声，使人无端想起车轮下的木棉花，如果在南方，它会结出许许多多木棉子，每一粒都怀抱着神奇的棉花翅膀，每一粒都饱孕着生命的力量，每一粒都怀抱着飞翔到远方的志愿……因为有了这些，每一次木棉花的开起，都如晨光预示了新的开始。都市里不能结子的木棉花，每一次开起，都宣告了一个春天即将落幕，像火红的一直坠入天际的晚霞。

有一天，我在仁爱路上拾到几朵新凋落的木棉花，捧在手上，还能感觉它在树上犹温的血，那一刻我想：一个人不管处在任何环境，都要坚持心灵深处的某些质地，因为有时生命的意义只在说明一些最初的坚持，放弃生命的坚持的人，到最后就如木棉一样，只有开花的心情，终将失去结子飞翔的愿力。

当观知足

若欲脱诸苦恼，当观知足。知足之法，即是富乐安稳之处。知足之人，虽卧地上，犹为安乐。不知足者，虽处天堂，亦不称意。不知足者，虽富而贫；知足之人，虽贫而富。不知足者，常为五欲所牵，为知足者之所怜悯，是名知足。

——遗教经·佛告诸比丘

有一次到动物园去参观，在猴群聚集的地方，有一个游客丢一根香蕉给猴子，结果一大群猴子都来抢

香蕉，甚至你推我挤、大打出手，一直到猴王出现了，才平息抢香蕉的纷争。

动物园的人告诉我，再一个小时就要来喂食了，地上也还有一些早上未吃完的食物。这使我知道，猴子抢食香蕉乃不是为了饥饿，而是因为贪欲，因为不能知足。即使它们都吃饱了，有人丢一根香蕉，还是会打起来。

看到猴子抢香蕉，使我不免有悲悯之念，知道单纯地被欲望支配，是很可悲的。

但是回过头来看人，在这个世界知足的人也很少，尤其是在鼓励消费的资本社会，由于消费意识的高涨，很少人能满足于眼前的生活。总觉得还有更奢华的生活可以追求，美其名为“生活质量”。为了更高的生活质量、更大的消费，人就要拼命地挣钱，钻营奔走、无所不为。许多人就这样奔走一生，最后充满遗憾的心情离开这个世界，只因为“不知足”。

当然，不知足很可能是社会发展的动力，可是不知足也是人性堕落的基因。不知足的心容易被五毒障蔽，充满了贪婪、嗔恚、愚痴、傲慢与怀疑，不知足的人也不能领会单纯平静的喜乐，找不到身心平衡的定点。

佛陀早就看清不知足是人性的弱点，因此教我们应该观照知足，有了知足的心才能使心灵平静，常处于净土；有了知足的心才不会为世间的俗事花费太多的时间，有益于沉思；有了知足的心才不会计较利害得失，而能反观自我。

知足，使人即使在最复杂的社会里，也能自在、自由和自尊。

知足，使人即使在最豪贵的人面前，也能胸怀高旷，充满了悲悯。

知足，使人即使在最艰难的困境里，也能安乐富有，充满了感恩。

执着破，智慧开

蚕，生生世世都吃桑叶，不肯吃别的树叶，古今中外的蚕都如此，没有一只例外。就是这种执着使它们不能变成更进化的动物，不能往更好的道路迈进。

蝴蝶，这种蚕的近亲，也是只吃花蜜，不吃别的东西，从生到死都是如此。我就想，蝴蝶一定是上辈子不肯吃苦，只想吃甜，所以会轮回做蝴蝶。因为这种执着，它不可能进化。而且，同一品种的蝴蝶，身上的斑点不会多一点也不会少一点。我小时候养过蝴蝶，知道一种蝴蝶如果身上是九个斑点，那么同种类的每一只都是九个斑点，没有例外。蛾也是一样，夏天的每一个夜晚，蛾都来扑火，世世代代如此。

这些现象都是由执着而来的，这种执着如果可以破，就可以往前迈进。我想，如果有一只比较有智慧的蚕，有一天吃了别的树叶，发现，“咦，别的树叶也很好吃！”开始吃别的树叶，这个时候，这只蚕的内在就起了革命，破除了小小的执着，而往前进化。

不管是多么小或多么大的动物，都是一样有所执着。各位都看过熊猫，熊猫已经濒临绝种，因为它只吃箭竹这种植物，偏偏这世界上熊猫很少，箭竹也很少，而且越来越少，熊猫当然就有绝种的危机。如果有一天，熊猫肯吃吃木瓜，吃吃西瓜，熊猫的种族就可以得到延续，智慧可以得到开启。

执着是非常可怕的。我曾把执着比喻为不流动的水，久了以后一定会发臭。水都是流动的，一直流动，就不会发臭，水被执着了，限在一个池塘里，就会发臭。

所以，执着的破除，是我们活在眼前最要紧的一件事。

只要认识眼前的执着，要破除便是简单的。就好像我们拿起个苹果来吃，把这个苹果切开，我们很容易算出这个苹果里面有几颗种子，因为这是我们眼前的苹果。可是我们无法推算长出这一个苹果的树上长过多少苹果。吃过苹果，把种子拿出来埋在土里，种子长大成树，能长出多少苹果，我们同样无法预测。我们所能掌握的是，现在我在吃一个苹果，并且可以清楚地算出这个苹果里有几颗种子。

也就是说，面对眼前的执着，我们就可能破除将来的执着或者以前的执着。然后我们人格的塔就会慢慢地建造起来。

前一阵子，《自立晚报》跟《自由时报》上有过一场论战，是作家宋泽莱跟很多的师父、居士们的论战，讨论关于小乘、大乘佛教修行的争议。我读了这次论战的文章，深刻感觉到这是刀刃与刀柄的争执。

开发内在的完美

人常常在追求的过程中产生烦恼，而缺少自我的开发。

我写过一个故事：从前有一个老人，七十几岁了，一直没有结婚。他旅行到世界各地，寻觅一个妻子。别人看他找得那么辛苦，就问他在找什么。他说："我在寻找一个完美的女人做妻子。"人们都很同情他，说："你已经走过那么远的道路，难道一直没有找到过一个完美的女人吗？"老人感伤地说："我年轻时，在某地找到过一个完美的女人，一个无与伦比的女人。"人们问他为什么没有娶这个完美的女人，老人说："因为她也在寻找一个完美的男人。"

你看，倘若向外寻找完美，永远不可能寻得。即使寻得完美，也无能为力；因为我们的内在并不完美，有什么资格、有什么福分拥有这样的完美？

因为我们的内在不完美，所以我们看到的东西都不完美。

要寻求菩提的生活，要破除烦恼，重要的便是内在保持着希望，然后开发自己的完美，使自己成为一个完美的人。唯有在我们变得完美的时候，看到的世界才是完美的；走到哪里，哪里是好的；走到哪里，哪里就是清净的国土。

解脱是学佛的目的，一个人走上完美之路，最后便得到解脱。解脱有两个要件，完美也有两个要件，第一是内心的清净，第二是外在的清净。

释迦牟尼佛曾经告诉我们，假使内心没有清净，外在就不可能清净。要想追求一个理想的、完美的环境来修行，是不可能的，因为我们的内在不理想也不完美。认识眼前这并不理想也不完美的环境，在这样的环境里，保持着希望来修行，才是一个修行人应该有的态度。

河的感觉

1

秋天的河畔，菅芒花开始飞扬了，每当风来的时候，它们就唱一种洁白之歌，芒花的歌虽然是静默的，在视觉里却非常喧闹，有时会见到一株完全成熟的种子，突然就爆起，向四面八方飞去，那时就好像听见一阵高音，哗然。

与白色的歌相应和的，还有牵牛花的紫色之歌，牵牛花瓣的感觉是那样的柔软，似乎穿吹弹得破，但没有一朵牵牛花被秋天的风吹破。

这牵牛花整株都是柔软的，与芒花的柔软相配合，给我们的感觉就是，大地虽然已经逐渐的冷肃了，山河依然是如此的清朗，特别是有阳光的秋天的早上，柔情而温暖。

在河的两岸，被洗刷得几乎仅剩下砾石的河滩，虽然有各种植物，却以芒花和牵牛花争吵得最厉害，它们都以无限的谦卑匍匐前进。偶尔会见到几株还开着绒黄色碎花的相思树，它们的根在沙石上暴露，有如强悍的爪子抓入土层的深处，比起牵牛花，相思树高大得像巨人一样，抗衡着沿河流下来的冷。

河，则十分沉静，秋日的河水浅浅的、清澈的，从卵石中穿梭，有时候流到较深的洞，仿佛平静如湖。

我喜欢秋天的时候到砾石堆中捡石头，因为夏日在河岸嬉游的人群已经完全隐去，河水的安静使四周的景物历历。

河岸的卵石，实在有一种难以言喻的美。它们长久在河里接受洗涮，比较软弱的石头已经化成泥水往下流去，坚硬者则完全洗净外表的杂质，在河里的感觉就像是宝石一样。被匠心磨去了棱角的卵石，在深层结构里的纹理，就会像珍珠一样显露出来。

我溯河而上，把捡到的卵石放在河边有如基座的巨石上接受秋日阳光的曝晒，准备回来的时候带回家。

连我自己都不能确知，为什么那样的爱捡石头，这里面一定有什么原因还没有被探触到。有时我在捡石头时突然遇到陌生者，会令我觉得羞怯，他们总是用质疑的眼光看着我这异于常人的举动。或者当我把石头捡回，在庭院前品察，并为之分类的时候，熟识的乡人也会以一种似笑非笑的眼光看我，一个人到了三十六岁还有点像孩子似的捡石头，连我自己也感到迷思。

那不纯粹是为了美感，因为有一些我喜爱的石头经不起任何美丽的分析，只是当我在河里看到它时，它好像漂浮在河面，与别的石头都不同。那感觉好像走在人群中突然看见一双仿佛熟识的眼睛，互相闪动了一下。

我不只是捡乡间河畔的石头，在国外旅行时，如果遇到一条河，我总会捡几粒石头回来作纪念。例如有一年我在尼罗河捡了一袋石头回来摆在案前，有人问起，我总说："这是尼罗河捡来的石头。"那人把石头来回搓揉，然后说："尼罗河的石头也没有什么嘛！"

石头捡回来，我很少另做处理，只有一次是例外，我在垦丁海岸捡到几块硕大的珊瑚礁石，看出它原是白色的，却蒙上灰色的风尘，我就用漂白水泡了三天三夜，使它洁白得像在海底看见的一样。

我还有一些是在沙仑淡水河口捡到的石头，是纯黑的，隐在长着虎苔的地石缝中，同样是这岛上的石头，有的纯白，有的玄黑，一想到，就觉得生命颇有迷离之感。

我并不像一般的捡石者，他们只对石头里浮出的影像有兴趣，例如石上正好有一朵菊花、一只老鼠，或一条蛇，我的石头是没有影像的，它们只是记载了一条河流的某些感觉，以及我和那条河流相会面的刹那。但偶尔我的石头会出现一些像云、像花、像水的纹理，那只是一种巧合，让我感觉到石头在某个层次上是很柔软的，这种坚强中的柔软之感，使我坚信，在最刚强的人心中，我们必然也可看见一些柔软的纹理，里面有着感性与想象，或者梦一样的东西。

在我的书桌上、架子上，甚至地板上到处都堆着石头，有时在黑夜开灯，觉得自己正在河的某一处激流里，接受生命的冲刷。

那样的感觉好像走在人群中突然看见一双仿佛熟识的眼睛，互相闪动了一下。

2

走在人群中看见熟识的眼睛，互相的闪动，常常让我有河的感觉。

在最繁华的忠孝东路，如果我回来居住在台北的时候，我会沿着永吉路、基隆路，散步到忠孝东路去。我喜欢在人群里东张西望，或者坐在有玻璃大窗的咖啡店旁边，看着流动如河的人群。虽然人是那样的拥挤，却反而给我一种特别的宁静之感，好像秋日的河岸。

在人群的静观，使我不至于在枯木寒灰的隐居生活中沦入空茫的状态。我知道了人心的喧闹，人间的匆忙，以及人是多么渺小有如河里的一粒卵石。

我是多么喜欢观察人间的活动，并且在波动的混乱中找寻一些美好的事物，或是找一双动人的眼睛。人的眼睛是五官中最会说话的，它无时无刻不在表达着比嘴巴还要丰富的语言，婴儿的眼睛纯净，儿童的眼睛好奇，青年的眼睛有叛逆之色，情侣的眼睛充满了柔情，主妇的眼睛充满了分析与评判，中年人的眼睛沉稳浓重，老年人的眼睛，则有历尽沧桑后的一种苍茫。

如果说我是在杂沓的城市中看人，还不如说我在寻找着人的眼睛，这也是超越了美感的赏析的态度，我不太会去在意人们穿什么衣服，或者在意现在流行什么，或者什么人是最美的或丑的，回到家里，浮现在我眼前的，总是人间的许许多多的眼神，这些眼神，记载了一条人的河流的某些感觉，以及我和他们相会时的刹那。

有时，见到两个人在街头偶然相遇，在还没有开口说话之前，他们的眼神就已经先惊呼出声，而在打完招呼错身而过时，我看见了眼里的轻微的叹息。

我们要了解人间，应该先看清众生的眼睛。

有一次，在统领百货公司的门口，我看到一位年老的婆婆带着一位稚嫩的孩子，坐在冰凉的地板上乞讨，老婆婆俯低着头，看着眼前的一个装满了零钱的脸盆，小孩则仰起头来，有一对黑白分明的眼睛，滴溜溜转着，看着从前面川流过的人群。那脸盆前有一张纸板，写着双目失明的老婆婆家里沉痛的灾变，她是如何悲苦地抚育着唯一的孙子。

我坐在咖啡厅临街的位置，却看到好几次，每当有人丢下整张的钞票，老婆婆就会不期然地伸出手把钞票抓起，匆忙地塞进黑色的袍子里。

乞讨的行为并不令我心碎，只是让我悲悯，当她把钞票抓起来的那一刹那，才令我真正的心碎了。好眼睛的人不能抬眼看世界，却要装成失明者来谋取生存，更让人觉得眼睛是多么重要。

这世界许多好眼睛的人，却用心把自己的眼睛蒙蔽起来，周围的店招上写着“深情推荐”“折扣热卖”“跳楼价”“最心动的三折”等等，无不是在蒙蔽我们的眼睛，让我们心的贪婪伸出手来，想要占取这个世界的便宜，就好像卵石相碰的水花，这世界的便宜岂是如此的就被我们侵占的？

人的河流里有很多让人无可奈何的事相，这些事相益发令人感到生命之悲苦。

有一个问卷调查报告，青少年十大喜爱的活动，排在第一位的竟是“逛街”，接下来是“看电影”“游泳”。其实，这都是河流的事，让我看见了，整个城市这样流过来又流过去，每个人在这条河流里游泳，每个人扮演自己的电影，在过程中茫然地活动，并且等待结局。

最好看的电影，结局总是悲哀的，但那悲哀不是流泪或者号啕，只是无奈，加上一些些茫然。

有一人说，城市的人擦破手，感觉上比乡下人擦破手，还要痛得多。那是因为，城市里难得有破皮流血的机会，为什么呢？因为人人都已是一粒粒的卵石，足够的圆滑，并且知道来如何来避免伤害。

可叹息的是，如果伤害是来自别人、来自世界，总可以找到解决的方法，但城市人的伤害往往来自无法给自己定位，伤害到后来就成为人情的无感，所以，有人在街边乞讨，甚至要伪装盲者才能唤起一丁点的同情，带给人的心动，还不如“心动的三折”。

这往往让人想到溪河的卵石，卵石由于长久的推挤，它只能互相的碰撞，但河岸的风景、水的流速、季节的变化，永远不是卵石关心的主题。

因此，城市里永远没有阴晴与春秋，冬日的雨季，人还是一样渴切地在街头流动。

你流过来，我流过去，我们在红灯的地方稍微停留，步过人行道，在下一个绿灯分手。

“你是哪里来的？”

“你将要往哪里去？”

“你是哪里来的？”

没有人问你，你也不必回答。

你只要流着就是了，总有一天，会在某个河岸搁浅。

没有人关心你的心事，因为河水是如此湍急，这是人生最大的悲情。

3

河水是如此湍急，这是人生最大的悲情。

我很喜欢坐船。如果有火车可达的地方，我就不坐飞机，如果有船可坐，我就不搭火车。那是由于船行的速度，慢一些，让我的心可以沉潜；如果是在海上，船的视界好一些，使我感到辽阔；最要紧的是，船的马达声与我的心脏合鸣，让我感觉那船是由于我心脏的跳动才开航的。

所以在一开航的刹那，就自己叹息：呀！还能活着，真好！

通常我喜欢选择站在船尾的地方，在船行过处，它掀起的波浪往往是形成一条白线，鱼会往波浪翻涌的地方游来，而海鸥总是逐波飞翔。

船后的波浪不会停留太久，很快就会平复了，这就是“船过水无痕”，可是在波浪平复的当时，在我们的视觉里它好像并未立刻消失，总还会盘旋一阵，有如苍鹰盘飞的轨迹，如果看一只鹰飞翔久了，等它遁去的时刻，感觉也还在那里绕个不停，其实，空中什么也不见了，水面上什么也不见了。

我的沉思总会在波浪彻底消失时沦陷，这使我感到一种悲怀。人生的际遇事实上与船过的波浪一样，它必然是会消失的，可是它并不是没有，而是时空轮替自然的悲哀，如果老是看着船尾，生命的悲怀是不可免的。

那么让我们到船头去吧！看船如何把海水分割为二，如何以勇猛的香象截河之势，载我们通往人生的彼岸，一艘坚固的船是由很多的钢板千锤百炼铸成，由许多深通水性的人驾驶，这里面就充满了承担之美。

让我也能那样勇敢地破浪，承担，向某一个未知的彼岸航去。

这样想时，就好像见到一株完全成熟的芒花，突然爆起，向八方飞去，使我听见一阵洁白的高音，唱哗然的歌。

不断开发智慧

如何得到最简单、最基本的智慧呢？

首先来认识智慧这两个字。

“智”字是知识的“知”下面有一个太阳的“日”。智慧是有如太阳一样照射的知识。

太阳的特色有四：第一，太阳自己发光，有观照的能力，所照的地方都得到清明。这种观照的能力，在佛教里叫作“妙观察智”。第二，太阳非常平等，不管你是穷人或是老人，是蟑螂或蚊子，太阳一概平等照耀，这种平等，在佛教里叫作“平等性智”。第三，凡是太阳照到的地方，就有活力与生机，东西就可以生长，这在佛教里叫作“成所作智”。第四，太阳非常广大，遍满整个世界，这叫作“大圆镜智”，因为太阳好像一个大圆镜般照耀整个世界。

“智”字既包含了代表太阳的“日”，也就含有以下四个意思：第一是观察的能力。要培养自己对事物能有革新的观照、新的观点、新的态度。第二是要有平等的态度。没有平等的态度，就不可能得到真实的智慧。第三是保持活力与生机，不断地生长。智慧是不断生长的。第四是要以广大的态度面对所遭遇的一切，就会慢慢产生智慧。

“慧”字下面有“心”，“心”表示感受的能力。要对这个世界有感受的能力，而不是失去对这个世界的热情。

失去对这个世界的爱，失去对这个世界的珍惜，就不叫“慧”，因为这样没有心。

有心，所以有感受；有感受，但是不执着。这样就是“慧”。

有一次我在一家餐厅吃饭，发生了一件事。那天，有一桌年轻人，一共是八个人坐在一桌，讲话声音非常大，谈论的是当时最热门的话题——波斯湾战争。他们讲得兴高采烈，笑声不断，令餐厅里的其他客人都为之侧目，不过也没有人去干涉他们。突然，有一位老先生站起来走了过去，很严肃地对这一桌年轻人说了一句话：“战争有那么好笑吗？”

所有人吃饭的动作都停下来了。这一群年轻人也呆住了，没想到会有此一问。这时候，老先生本来放在左边口袋的手突然伸出来，大家都看到他没有手掌，他的手只到手腕，腕部结了一个大疤。老先生说：“我这只手就是在战争中失去的。战争没有什么好笑的，凡是有战争，就会有人死亡，不管死的是美国人还是伊拉克人，这些死去的人都是某些人的儿子、丈夫、爸爸，也可能是某些人的女儿、妻子、妈妈。战争是非常悲惨的！”老先生说完，面无表情地转身走回座位。

那天大家吃得都有点食不下咽。想到老先生的话：“战争有那么好笑吗？”我生起了很大的惭愧心。想到自己前两天还和朋友热烈地讨论波斯湾战争，却没有用这个观点来看战争——有些人会在这场战争中丧生，那些人是人子、人夫、人父……这么一想，会对战争充满悲悯之情。

这就是改变我们原先的观点，重新以观察、平等的观点来看世界。于是我们的心会被触动，产生新的生机；我们的心会变广大，广大到不去分美国人、伊拉克人或以色列人，不论是哪一国人，只要有人死伤，都是同样悲惨的事。我们的智慧也因为透过这一件事情得到开启。

这八个年轻人也许得到了开启，也许没有。如果他们没有从而得到开启，他们所缺少的是什么东西？是感受的能力，是慧。因为没有慧，所以他们未能立刻感受到新的触发。

新的触发是非常重要的。当我们有足够的智慧面对这个世界时，我们的观点也可以随时调整。

换一个观点看事情，往往大有转机。

人生并非固定的状态，如果我们有智慧，不断地改革自己观察、感受的能力，我想，我们就可以“从此过着幸福快乐的日子”。因为我们保持着观察、平等、生机、广大的态度，没有什么难得倒我们，这就是智慧。

和上一刻相比

惦记昨天丰盛的食物，对今天的饥饿没有帮助。现在吃得很饱，对下一刻的饥饿也没有帮助。每一刻有每一刻的状况，每一刻都是不同的。

有这样的体验，就不会执着于上一刻或下一刻。无所得，无所求，就不会执着于上一刻、下一刻。

我们学佛并非希望得到什么，只是希望做一个不断开发自我的人罢了。

常有人来找我比"功夫"，认为我很有名，应该修行得很好，问我："请问你修到几果？"还很严肃地告诉我他已经修到三果了。我说我没修出什么果，只是每天吃一个苹果，营养、味道都不错，这就是无所得故。如果一心想着修得“几果”，人生就有负担，会有挂碍。

请不要在意你修得“几果”，要在意的是，你的此刻有没有比上一刻更有智慧，你此刻对空性的认识有没有比上一刻更好，你此刻有没有比上一刻更慈悲，你此刻有没有比上一刻更接近圆满一步。

这样向前迈进，总有一天会走进慈悲、智慧、圆满、自在的境地。

切莫一面修行一面想着自己修到什么程度了。每天都在想这个问题的话，哪里有时间修行？

好好地过每一刻，好好地过日子，好好地去生活。

如果你在念佛、拜佛，你的小孩哭叫着喊妈妈，请你暂停拜佛，先去拯救你的孩子，因为那一刻孩子很需要你，那一刻佛不一定需要你。佛什么都不要，佛跟菩萨是无所得、无所求的。

有一个笑话是说一个旅人在沙漠中旅行，走到半路又累又饿又渴的时候，他开始祈求菩萨来拯救他。走着走着，他看到地上有一个神灯，高兴极了，赶紧捡起神灯摩擦，果然出现一个巨人。巨人对他说："我是你的仆人，请问有什么吩咐？"旅人说："我现在很渴，给我一杯水。"巨人说："我这里没有水。""那你给我一件衣服吧，我很冷。"巨人说："我这里没有衣服。""那你给我一碗饭吧！""我这里没有饭。""给我一个西瓜吧！""我也没有西瓜。"最后旅人问："你到底可以给我什么？"巨人说："我可以给你佛法。"这个旅人当场昏倒在沙漠里。什么是佛法呢？当别人渴的时候，你给他一杯水，这是佛法。当别人饿的时候，你给他一碗饭，这是佛法。能够无求地不断地给予，就是最真实的佛法了。